JN252211

CHIHOUKISHI HANS NO JYUNAN

地方騎士ハンスの受難

7

AMARA
アマラ

主な登場人物
Main Characters
レイン
ハンスを異常なまでに
慕う元部下の女騎士。
普段は仮面のような
無表情だが、実際は
感情の浮き沈みが
激しい。
ケンイチ
一人目の日本人。
農業高校出身で、凶悪な
魔獣を手懐ける能力を持つ、
粋なポンパドール男。
北海道出身。
ハンス
本編の主人公。
都では〝魔術師殺し〟の異名を
誇る凄腕騎士団長だったが、
貴族間での政争に背を向け、
自ら辺境の地方騎士に志願する。

ムツキ

六人目の日本人。
火・水・風・土の四つの
魔法を操る、
ちょっとオタクな
お騒がせ魔法少女。
埼玉県出身。

ナナナ

七人目の日本人。
様々な便利アイテムが
ポイントで買える不思議な
カタログを持つ。???出身。

コウシロウ

四人目の日本人。
元極道にして
千里眼の能力を持つ
料理人。静岡県出身。

キョウジ

二人目の日本人。
オタクで気弱な
性格の高校生だが、
どんな怪我でも
回復させる魔法が使える。
東京都出身。

イツカ

五人目の日本人。
ダンジョンマスターとして
無生物にあらゆる機能を
付与できる。
酒豪。鳥取県出身。

ミツバ

三人目の日本人。
外見は可愛らしい美少女だが、
大食い&怪力が自慢の
トラブルメーカー。島根県出身。

プロローグ

日が暮れてから、暫く時間が経つというのに、街の大通りは沢山の人々で賑っていた。

中世ヨーロッパを彷彿させる美しい石造りの街の風景。その沿道には、職人達の手による魔法の外灯が立ち並び、夜の喧噪を淡い光で照らし出している。

昼夜の境なく、人間をはじめとした様々な異種族が行き交う異世界の大都市――、そこはハンス達が暮らす国の王都であった。

その中心地に程近い歓楽街の一角に、一際明るい輝きを放つ店がある。見るからに派手派手しく、どこか艶かしい衣装を身に着けた男性給仕が、酒に酔った女性客達の世話を甲斐甲斐しく焼いていた。我を失ったような嬌声と歯の浮くような台詞。そんな乱痴気騒ぎが繰り広げられる中、一般市民なら一月は暮らせるほどの高級な酒が、あっという間に空になっていく。

異様な盛り上がりを見せるこの店の名前は、「酒池肉林」。愛と欲望の渦巻く異世界ホストクラブだ。

そこで、さっきまで面白おかしく笑っていた客の一人が、高価な酒のボトルを片手に、おもむろに立ち上がった。彼女の連れらしい客が、大きな声を上げて囃し立てる。

「あ、それっ！　イツカさんのー！　ちょっといいとこ見てみたいっ！　は、よいしょっ！　イッキ！　イッキ！　イッキ！」

「ちょっ、体に悪いですから！　やめてくださいっ！」

頬を赤く染め、焦点の定まらぬ目で手拍子をしているのは、日本人の魔法使い、ムツキである。

完全に出来上がった様子のイツカ――ダンジョンマスターにして酒豪の日本人――を必死に止めようとしているのは、こちらも同じく日本人の巨乳美少女、ナナナだ。

だが、ボトルを固く握り締めた当の本人は、まったく聞く耳を持っていない。にへらっとした、ご機嫌な笑みを浮かべながら、その中身を一気に口の中へ流し込んでいく。

ゴク、ゴク、ゴク……と、喉を鳴らすこと僅か数秒。

周囲を憚ることなく、イツカは熱い液体を一滴残らず飲み干してしまった。

唖然としてそれを見つめるナナナをそっちのけで、給仕である見目麗しい男性達は、イツカに惜しみない賞賛を送る。

「あっはっはっは！　いやぁー！　一回でいいから、ホストクラブで豪遊してみたかったのよぉーん！」

「わかるぅー！　乙女の夢ですよねぇー！」

きゃっきゃ、と騒ぐイツカとムツキ。ナナナはいささかげっそりした顔をしていた。

この店にやって来る前にも、王都の歓楽街をあちらこちらへ引っ張り回されたのだ。年齢的には、

まだ酒も飲めないナナナにとって、彼女達の傍若無人な〝王都ぶら散歩&はしご酒〟に、シラフで付き合わされるのは、はっきり言って、苦痛以外の何物でもなかった。

しかも、周囲を見ず知らずの男性達に囲まれているとなると、繊細なナナナはますます緊張してしまい、ゆっくりとくつろぐどころではない。

「森の民でしたっけ!? あれって、いわゆるエルフっぽいですよねぇー!」

「ほかの男子もイケメンだけど、やっぱり異種族感があって、プラスアルファだわぁー」

「……っていうか、ドワーフのイケメンってダレ得? って思ったんですけど! 意外といけますねっ! 私、新しい世界の扉が開いちゃいそうですっ!!」

「だよねぇー! なんかこう、全体的に武骨で筋肉質で顔もおっきいし、妙な説得力って言うか、なんて言うかぁー!」

騒ぎをしながら、沢山の異世界のイケメン男性達に傅かれ、すっかりご満悦のイツカとム

「だーいじょうぶだいじ ナは暗い顔をして小さく縮こまり、深い溜め息を吐き出す。

だからさぁー!」 してて、いいんですか? 私達って……」

「そうですよっ! のためにたっぷり軍資金も用意してきてるし! これも仕事

仕事なんですもんねっ まあ、いわゆる一つの調査取材、みたいな? そう

まだ酒も飲めないナナナにとって、彼女達の傍若無人な〝王都ぶら散歩&はしご酒〟に、シラフで付き合わされるのは、はっきり言って、苦痛以外の何物でもなかった。

しかも、周囲を見ず知らずの男性達に囲まれているとなると、繊細なナナナはますます緊張してしまい、ゆっくりとくつろぐどころではない。

「森の民でしたっけ⁉　あれって、いわゆるエルフっぽいですよねぇー！」

「ほかの男子もイケメンだけど、やっぱり異種族感があって、プラスアルファだわぁー」

「……っていうか、ドワーフのイケメンってダレ得？　って思ったんですけど！　意外といけますねっ！　私、新しい世界の扉が開いちゃいそうですっ‼」

「だよねぇー！　なんかこう、全体的に武骨で筋肉質で顔もおっきいし、妙な説得力って言うか、なんて言うかぁー！」

馬鹿騒ぎをしながら、沢山の異世界のイケメン男性達に傅かれ、すっかりご満悦のイッカとムツキ。

その二人に挟まれ、ナナナは暗い顔をして小さく縮こまり、深い溜め息を吐き出す。

「こんなところで、こんなことしてて、いいんですか？　私達って……」

「だーいじょうぶだいじょうぶ！　そのためにたっぷり軍資金も用意してきてるし！　これも仕事だからさぁー！」

「そうですよっ！　仕事なんですもんねっ！　まあ、いわゆる一つの調査取材、みたいな？　そうじゃなかったら、牢獄暮らしの私達が外に出られるわけないじゃないですかぁー！」

――でも、確かそのお金って、王都で〝例の件〟を調べるために、ロックハンマー侯爵さんから支給された活動資金なんじゃ……。

そう言葉を続けようとしたナナナを遮って、イッカとムツキが力強く断言する。

ムツキの言うとおり、ムツキとナナナは本来、未だハンスの街にある「ケンイチ牧場さわやか地下監獄」に投獄中の身であった。

にもかかわらず、何故王都の、こんな高級そうな店で酒を飲んでいるのか？

その理由は、数カ月前までさかのぼる。

1　監獄で話す男達

「ケンイチ牧場さわやか地下監獄」――。

より正確には、さらにその下に作られた堅牢な密室。鉄と石でできたその特別な部屋は合計六つ用意されており、そこには現在、隣国の日本人にして超強力な魅了スキルを持つファヌルス・リアブリュックと、彼に従っていた日本人達が一人一人部屋を割り当てられる恰好で収容されていた。

日本で言えば、まさしく刑務所のような雰囲気の場所だ。武骨で殺風景、装飾という概念からは無縁な、味もそっけもない無味乾燥とした施設である。外部からは完全に隔離されているため、中に入るには、ダンジョンマスターであるイツカの「転移トラップ」を使用するしか手段がない。

囚人にとっては最悪の、捕まえる側にすれば非常に理想的な独房と言ってよいだろう。

その中の一室――薄暗くじめついた空気が漂う部屋の中で、回復魔法使いのキョウジとファヌルスが対峙していた。

「空気、水、食料、汚物。転移装置を使い、それらすべてを輸送することで、物理的に外部との接点を遮断。牢自体がゴーレム化されているため、逃げ出すことは不可能」

木製の小さなテーブルを前にして座ったファヌルスは、目の前の椅子に腰を下ろしたキョウジにうっすらと微笑みながらそう分析した。その表情からは、まったく本心が読めない。

自分が時間をかけて作り上げた強力な軍勢と、虎の子であった空中要塞を完膚なきまでに破壊され、さらには他者に対する絶大な魅了能力「ニコポ・ナデポ」を封じ込まれた。その挙句、敵国の収容施設へ投獄されているにもかかわらずだ。

普通、人間の表情や仕草には、もっと喜怒哀楽といった感情が滲み出るものだ。極刑すら科せられてしかるべき、いわば重要な戦争犯罪人とも言える自身の立場が自覚できてさえいるなら、怯えや不安といった負の感情に支配されてもおかしくはない。

それがどうしたことだろう。このファヌルスという男の態度は、その神経を疑うほどひどく落ち着いており、信じられないことに自分が置かれた状況を楽しむかのような笑みを浮かべているのだった。

何かを装っているにしても、その微笑みは、どこまでも自然なものに見える。

にもかかわらず、キョウジには、それが人間らしさの欠如した、たまらなく不気味で得体の知れぬ、空恐ろしいものに思えるのだった。

「布団を被って、寂しい胸のうちを独白したとしても、すべて聞き取られるんだろうね。ほかにもいろいろ仕掛けはあるはずだけど。それ以外は見つけられなかったし、思いつかなかったよ」

確かに、「ケンイチ牧場さわやか地下監獄」には、いろいろと仕掛けがしてある。キョウジやイツカ、あるいはロックハンマー侯爵旗下の兵士達が考えたものなどだ。そうそう簡単に見破れやしないだろう。

しかし、キョウジは今、そのことについて話すためにファヌルスのもとへ来たわけではない。

「で、何から教えてくれますか」

「あははは。挨拶代わりの雑談をするのも嫌かな。相当嫌われたね。当然だけれど」

「一度言いましたが、僕は貴方の能力が死ぬほど嫌いです。貴方自身のことに関しては、まだ話し始めたばかりだからよく分かりません」

「そう言ってたね。なら、これ以上嫌われないように頑張るよ」

キョウジの心中を知ってか知らずか、ファヌルスは悠然とした微笑みを崩さない。それが底意地の悪い、意図的なものであるかどうかすら不明だった。想像の範疇を超えるファヌルスの態度に、キョウジの表情は、いよいよ苦々しく、重たげなものへとなっていく。

愉快そうな笑みを浮かべるファヌルスと、苦悶とも言えるキョウジの顔とを比べると、いったいどちらが囚人か分からない。

「どこから話そうか、もう兵士の尋問に答えたような話は、改めて聞くまでもないだろう?」

異世界の片田舎であるハンスの街の近くで勃発した隣国の空中要塞——浮遊島との壮絶な一戦。その島の実質的な指揮官であり、戦いの首謀者とも言えるファヌルスの目的は何だったのか？　具体的にどんな軍事力を持ち、装備をしてハンス達へ挑んだのか。

そういったことに関して、ファヌルスはすでにロックハンマー侯爵旗下の兵士から聴取を受けていた。だから今、キョウジが聞こうとしているのは、それ以外の部分についてだ。

つまり、ファヌルスが異世界に生まれ変わる以前は何をしていたのか？

さらには、転生後に手に入れた能力のより詳細な内容や、隣国で見つけ出した日本人達をどのように仲間にしていったのか、などである。

ファヌルスと近い立場にいる日本人のキョウジだからこそ、彼の突拍子もない告白も理解できる適任者として抜擢されたわけだ。

ファヌルスは視線を上げ、僅かに考えるようにした後、キョウジをしっかりと見据えて言った。

「まずは、何から話せばいいかな？」

「始めからお願いします。貴方が転生する前か。あるいは、転生したところから」

「長くて面倒な話になると思うよ？」

「幸い、時間はたっぷりありますから」

口振りとは裏腹にキョウジの表情は、ずっと苦いままだ。

ファヌルスは楽しげに笑い声を上げながら、ゆっくりと話し始めた。

「この世界での僕の記憶は、生まれた瞬間から続いている。産声を上げたときの息苦しさを、君は想像できるかい？　いったい、どうなってるんだ⁉　と思ったね。僕は地球で、君達もよく知っている日本で、確かに死んだはずなのに……って」

ケンイチやキョウジといった日本人達は、突然、この世界に生きたまま放り出されている。いわゆる「神隠し」や、「転移」と呼ばれる超常現象だ。

彼らに対してファヌルスは、一度、死んでから生まれ変わった。つまり、「転生」ということになるだろう。

「自分の特殊な能力に気づいたのは、まだハイハイができる前だったよ。ステータス画面、ウィンドウ。名前は何でもいいけど、とにかく、その存在にね。自分の能力を発見したときは、それはもう驚いた。だって、とんでもない能力だろ？　最初は凄く嬉しかったよ」

微笑みかけたり、手を触れ合った相手に自分への強烈な好印象を抱かせる能力。

「ニコポ・ナデポ」と名の付いたこの能力は、事前にどんな悪感情があろうとも関係なく、「強烈な好印象」で塗り潰してしまう。

「僕の生まれた村は、この世界にはよくある農村でね。とても貧しかったし、生活も大変だった。だけど、ずっと愛してもらえて、それなりに幸せに育ったよ」

誰かに嫌われたり、憎まれたりすることもなく、狭い世界で、ただ不自然なほど愛される。キョウジは、穏やかに笑うファヌルスの言葉から、そんな状況に自分を置き換えてみて心底嫌な顔をした。

「地獄ですね、それは。僕なら気が狂う」

誰彼構わず無条件で好かれる。どんな場面でも優遇され、何をしても大切にされる。それは極めて理想的で、幸福で、最良の人生を約束してくれる素晴らしい能力だろう。

だが、キョウジは、そうは思わなかった。

そしてファヌルスもキョウジと同じ考えに辿り着いたらしい。

「自分は能力があるから特別扱いされているんじゃないか？　それなら、その能力が突然消えたら？　明日もこの能力が続く保証は？　もし消えたとき、周りの人間の反応はどうなるのか？　僕なら、不安で不安で、夜も寝られなくなる」

心中の思いを飾らず口にするキョウジに対して、ファヌルスはゆっくりと頷いた。顔に浮かんでいるのは、どこまでも嬉しそうな微笑だ。

「私は頭の作りがよくなくてね。君と同じ結論に達するのに四、五年かかったよ。そこからは、そうだね……。君が言うとおり、不安で眠れない日が続いたよ。この素晴らしい魔法が解けてしまったら、どうやって生きていけばいいんだろう、と。それでもその後、そんな日が訪れることはなかった。僕はこれまでどおり、皆から好かれて、優しくされたからね。突然、とても大きな不安が伸し掛かってくるようなことはなかった」

「真綿で首を絞められるみたいに、徐々に不安に苛まれていった、というところですか」

「かもしれないね。皆が支えてくれるから、少しは恐ろしさも和らいだけど。その優しさの出所を考えると、怖くて怖くて仕方なかったよ」

確かに不安そうな様子を見せれば、誰もが心配してくれただろう。好意を持っている相手が辛そうならば、力になりたい、支えたいと思うのが人情だ。

だが、その思いの出所自体が不安の原因となると、酷く狂気じみたマッチポンプのようにキョウジには思えてならなかった。

「食事が喉を通らなかった日も多かったよ。でもほら。周りの誰もが、親身になって支えてくれてね。僕はどうにも、その手の好意に弱くてさ。不安の原因だと分かっていても、飛びついてしまった。甘えだね」

誰かの優しさにすがりつきたいほど不安定な心理状態のときに、特別に甘やかされでもしたら、自分ならどうするだろうか。誘惑に抗い、それを甘受せずにいられるだろうか。同じ境遇に陥った経験がないにせよ、キョウジにその自信はなかった。

キョウジの脳裏をよぎったのは、他者の愛情に身を委ねつつ、その不安の根本的な原因を払拭するために奔走する自分の姿だった。

「私はね、無条件で好かれることで不安になるなら、いっそのこと、好かれることに理由をつけようと思ったんだ。私が何かをして感謝されたら、それは好かれることを肯定する理由足りえると、私には思えたんだよ」

キョウジは、おそらく自分もまた、ファヌルスと同じ道を辿るのではないかと思った。

単に特別な能力によって得られている立ち位置を、何かもっと別の形——たとえば、自分と近しい距離にいる人間の願いを叶えてあげることで感謝されるといった関係に変えていけさえすればどうだろう。能力とは別の、好かれるに足る理由があれば。

それこそが、ひいては自分の内面に巣食う底知れぬ不安を拭い去ってくれるに違いない。

「だけど。さっきも言ったように、僕は頭の作りがいま一つでね。最初のうちは、必死にお手伝いなんかをして、お礼を言われることに夢中になっていたんだけれど」

ここまでの言動と考え方から、キョウジはあることを感じ始めていた。

どうもファヌルスという人物は、自分に似たところがあるらしい。同情できるか、賛同できるかといったことはともかく、ファヌルスの話は、キョウジには理解できた。

「何しろ、会う人すべてに好かれてしまうから。僕なんかが多少お手伝いしたところで、どうしようもない相手が出てきたんだ」

役人や大商人、あるいは貴族や王族といった国家権力と密接に結びついた階層の人々までがファヌルスに好意を抱き、恋人に向けるような親しみを持って甘やかす。幼かったファヌルスにしても、この状況を無条件に受け入れるという選択肢はなかった。

何故なら、そんな状態が長く続けば、自我は不安で蝕まれ、確実に精神のバランスを歪めてしまうと、ファヌルスは本能的に悟っていたからである。

ファヌルスの言葉を信じるとすると、その「お手伝い」を始めたのは僅か四、五歳からというから、できることなど高が知れていた。

自分に向けられる好意を能力のみによってではなく、理由のあるものとして自らが肯定するためには、相手が捧げてくれた好意に見合うだけの代償が必要だ。こうファヌルスが考えたとすれば、次にファヌルスが取る行動はキョウジにも予想できた。

自分が幼く、他人の好意に報いるだけの物質的な力がないなら、自分のために向けられる好意そのものを利用したらいい。

彼らに対して、「私よりも困っている人が居るから、そちらを助けてあげてくれないか。私のために」とでも囁けば、きっと、心を込めて助けてくれるだろう。

困っていた人達は、助けてくれた人と、ファヌルスに感謝するに違いない。

そこから生まれた感謝は、当然ファヌルスだけの能力で得られたものではないため、自身が困っていた人達から好意を受ける正当な理由となる。

「どうしよう。どうすれば、彼らに感謝されるだろう。僕は考えて、あることを思いついたんだ。私には力はないけれど、力のある人との人脈だけは豊富にある。問題を抱えている人に、解決できる人を紹介する。それだけで十二分に感謝されるんじゃないか、と」

やはり、とキョウジは思った。

この人物、ファヌルスという男は自分に似ている。

「実際、上手くいったよ。私は、他者の好意を甘んじて受け入れられるようになり、同時に、私が納得できるだけの感謝が得られた。この方法を覚えてからは、随分と気が安らいだよ。だけどね――」

「人脈は、使えば使うだけ広がっていくものですからね。知り合いが知り合いを紹介し、知り合いに知り合いを紹介される」

「あははは！　君は凄いなぁ。本当に。そう、そうだよ。そうなった。知り合いに知り合いを紹介されて、知り合いが増えた。彼らもやっぱり漏れなく、僕に対して、とても好感を抱いてくれたんだ」

心底嬉しそうに、ファヌルスは笑った。

キョウジを讃えるように手を叩く姿には、まったく嫌味がなく純粋さが窺える。それがまた、キョウジの目には信じがたく、不気味なものとして映った。

ネガティブ思考が骨の髄まで沁みついたと言うと、やや言い過ぎかもしれないが、どんなときでも物事をマイナス方向へ考える癖(くせ)のあるキョウジにとって、ファヌルスの楽観的な態度は簡単に受け入れられるものではなかった。

　本当にいい人間なんて一握(ひとにぎ)りであり、人間の根底は悪だと信じて疑わない。それでいて、そんな風に何でも疑ってかかる自分のことが、キョウジは心底嫌いだった。もっと物事をプラスに、よい方に考えたいと常々、思っている。だが、この性分(しょうぶん)は未だに直っていない。

　そんな自分と比べてファヌルスの姿はどうだろうか。

　外見は絵に描いたような美丈夫(びじょうふ)。敗軍の将でありながら、焦(あせ)りや恐れを感じている様子は微塵(みじん)もない。沈着冷静(ちんちゃくれいせい)に状況を見据え、敵国の日本人であるキョウジを讃えるほどの余裕を見せている。物事を悲観(ひかん)するという感情が欠如しているかのようだ。

　キョウジは、自分には今のファヌルスみたいな振る舞いはできない、と思った。もし、逆の立場なら、大罪人である自分を待ち受ける絶望的な運命を想像し、不安と恐ろしさで正気を保つことすら難しかっただろう。あれだけ大きな被害を相手の国に与えたのだ。まかり間違えば、一国を滅亡(めつぼう)に追いやるほどの戦いの実行犯として捕らえられた人間が、何のお咎(とが)めもなく無罪放免(ほうめん)となるはずがない。

　耐えがたい拷問(ごうもん)を受けた末に処刑されるか、隣国との政治交渉の際の便利な道具として使われるか。何にしても、キョウジは、目の前の男のように楽しげな笑みを浮かべていられる自信も神経も持ち合わせてはいなかった。

むしろ自らの運命を呪うだろう。長い時間をかけて準備した空中要塞を破壊され、手塩にかけて教育した最強の日本人軍団を奪われたのだ。戦争を仕掛けた側とすれば逆恨みもいいところだが、もっと醜く恨みつらみを吐き出していたに違いない。

もちろん、世の中にはどんな状況に陥っても、超然とした態度を崩さずに、平常心を保っていることができる人間もいるだろう。

凄腕の元騎士団長ハンスをはじめ、以前は隣国の特殊部隊を率いていたセルジュ、大貴族でありながら百戦錬磨の武将としても知られるロックハンマー侯爵など、腹の据わった剛の者達なら、それも理解できる。

だが果たして、このファヌルスという優男を、彼らのような武勇の誉れ高い人物達と同列に考えてよいものか、キョウジは甚だ疑問だった。

というより、この男は、今まで収集した情報と、実際に会って話した印象からして、本質的には卑怯で卑屈でどうしようもない自分自身――スドウ・キョウジと似ているのではないか、という確信めいた思いを持った。

どういうわけか分からない。あくまでもキョウジの勘のようなものであり、匂いのようなもの、としか言い表せなかった。だからこそと言うべきか。キョウジは、直接会って話したいと思ったのである。

「知り合いが増えて、その知り合いに好かれて。その好意を肯定するために、人脈を使って。また、知り合いが増える。こういうの、なんて言うんだっけ。ペイ・フォワード、だったかな？　ちょっと意味が違うかな？」

ファヌルスは楽しげに頬を緩めて首を傾げる。その何気ない仕草の一つ一つが絵になるほど美しく、人目を惹く。たとえ特殊な能力がなかったとしても、大半の人間が好意を抱くだろう。彼の能力は見目麗しいこの外見そのものだとも言えるかもしれない。

とはいえ、キョウジはイケメンが好きではないので、嫌悪感を示すだけだが。

「まあ、ともかく。あとは雪だるま式だよ。人が人を、好意が好意を。そうしているうち、僕の立場の話が持ち上がってきた。僕の元の両親は農家でね。言ってしまえば、貧乏だった。そこで僕に、公爵家への養子の話が舞い込んできたんだ。幸い僕は末っ子で、兄と姉が七人もいたものだからすぐに話は決まった。八人兄弟って、凄いと思わない？」

農家で家督の相続権のない次男以下の息子というのは、部屋住みと呼ばれる身分になることが多い。

土地を持てれば結婚して独立もできる。だが、なかなかそれは難しく、実家に身を寄せながら労働力として暮らす場合がほとんどだ。おそらくファヌルスも、そうなる予定だったのだろう。

そこに飛び込んできたのが、公爵家への養子縁組だった、というわけである。

「降って湧いたような幸運に恵まれた僕を、家族も祝福してくれたよ。僕はきっと幸せになれるだろう、って。支度金の話が出たとき、家族は驚いた顔をしてね。息子によい暮らしをさせてもらえるのに、お金なんて受け取れないって」

「そうして、貴方はリアブリュック公爵家へ入ったわけですか」

「閣下には妻も子もいなかったからね。スムーズにことは運んだよ。この世界では、強力な魔法を持つ子供を貴族が養子に迎えることは珍しくないからね」

領地と領民を守る義務のある貴族には、戦争や武力衝突、大規模な自然災害など、国家にとっての有事の際に、それらと直接向き合う責任がある。そのため、一瞬で何十人もの敵を倒したり、不利な状況を一変させられたりする強力な魔法の力は、彼らにとって、その地位や名誉を保持する上で必要不可欠な要素なのだ。

ところが、そんな権力の側に立つ貴族の中には、魔法の素養を持つ跡取りに恵まれないケースもあった。平民ならばともかく、これは致命的な事態である。そういったとき、貴族は血縁に関係なく、魔法の才能に恵まれた若者を養子として迎え入れることで、「我が家は領地と領民のために、戦う準備がある」と示すのである。

この世界では、まったく魔法の使えない両親の間に、強力な魔法の才能を持つ子供が生まれることも珍しくなかった。その逆に、両親が強力な魔法使い同士であっても、魔法の使えない子供が生まれる場合もある。だからこそ身分の上下にとらわれず、こういった養子縁組が成立する。

「僕は身体強化魔法に加えて、魔獣を従わせる魔法を持っている。という能力設定だったからね。これほど強力な魔法も少ないと思わないかい?」

魔獣とは、恐ろしく強力な存在だ。一頭を倒すのに、最低でも十数名もの兵士を必要とする。特に力を持つ魔獣なら、その数倍、数十倍もの人数で挑まねば太刀打ちできない。そんな存在を自由自在に従わせることができたなら、どれだけ頼もしいか。実際は魔獣だけではなく、おおよそすべての生きとし生けるものを魅了する類の能力なわけだが。

「その後は、君達のお祭しのとおり、かな。戦争が起こって、私達の国が負けた。敗戦国は悲惨だよ。自分達の不幸を嘆いて、誰かのせいにしなければ生きていけないぐらいに」

「様々な場所から、敗戦したままではいられない、仇を取りたい、なんて声が上がり始めたでしょうね」

「凄まじい勢いでね。同じ敗戦国でも、日本とは大分違うようだ。もっとも、敗戦直後の日本の状況なんて、僕は知らないけれど」

ファヌルスもキョウジも、日本で暮らしていたときにはすでに戦争が終わって大分年月が経っていた。だから敗戦直後の日本の状況を肌で味わった経験はない。それはほかの日本人達に関しても同じである。だが、ファヌルスはキョウジ達と異なり、ハンスの国に戦争で敗れた隣国に飛ばされたわけだ。その鬱屈した空気を浴びるように生活してきた男の語る話だけあって、口調にも、これまでにない真実味が感じられた。

「実際、戦後賠償は酷いものだったからね。家族を殺され、祖国を蹂躙され、生活の糧すら奪われる。報復を考えるには十分な条件じゃないかな」

「それを叶えれば、貴方は感謝される」

「そう、とても、ね。結局、失敗しちゃったけどね」

邪気の欠片もなく、愉快そうにファヌルスは笑った。

「準備には、念には念を入れたつもりだったんだけど。まさか負けるとは思わなかったよ」

「こっちもギリギリでしたよ」

「それでも勝った。そして、僕はこのとおり君達の手厚い歓迎を受けている。祖国はもっと酷い有様だろうね」

隣国は、ハンス達の国へ戦後賠償を払いつつ、なけなしの金と物資と人を注ぎ込んだ浮遊島を無残にも破壊されたのだ。事のあらましを知る隣国の中枢部の者達の士気は叩き潰されたに等しい。

しかも、隣国の王族や貴族と深い繋がりを持つファヌルスが人質として捕らえられているのである。その現状を熟知している彼らであればこそ、ファヌルスの身の安全を保証してもらう代わりに、ハンス達の国が要求することに従順な姿勢を取らざるをえない。

ファヌルスのことが、好きで好きでたまらない彼らは、おそらく国が滅ぶ寸前になっても、ファヌルスを見捨てずに助けようと動くだろう。

「そこまで酷いことにはなっていませんよ。生かさず殺さず、というやつです。あまり搾り取りすぎると、ろくなことがない」

そもそも浮遊島での攻撃そのものが、隣国ではなかったこととされている。ファヌルスが捕まっていることも、公式には発表されていない。

「僕みたいな者が出てくるから、ね。でも、今後はそんなこともなくなるよ。祖国は向こう何十年も。あるいは百年以上、平和を享受することになるだろうね」

　確かにそうだろう。これで名実ともに、隣国はハンス達の国の属国となった。一国としての力は弱まるかもしれないが、背後に大国であるハンス達の国が控えているとなると、隣国に対して戦争を仕掛けてくる国もないと考えられる。そこまでのリスクを負って得られる旨みもない。

　まさに平和だ。

　もちろん、国民が幸せかどうかは別問題だが。

「さて。とりあえず一通りは話したかな。細かく聞きたいところはあるかい？」

　まるでカフェでコーヒーでも飲んでいるかのように寛いだ雰囲気である。キョウジは一瞬、自分が監獄で囚人を前にして尋問しているという立場を忘れそうになった。だが気を取り直して、ファヌルスの言葉を胸のうちで反芻する。

　ここにやって来るまでキョウジは、ファヌルスに一番に何を聞くべきか、いろいろと考えてきた。ところが、得体の知れぬ相手だけに質問事項が浮かびすぎて、上手くまとめられなかったのだ。ならば直接本人と会って思うままに話をすればいいだろう。そう結論づけていたものの、ファヌルスと向き合っていると、どうも調子が狂う。

　キョウジは、自分のことを基本的に凡人以下だと思っている。そんな人間が、隣国で一大軍事力を築き上げた優秀な相手と一対一でやり合おうというのだ。

考えること、数秒――。

早急に収穫を得ようとせずともいいだろう。そもそもが尋常な任務ではないのだ。無理は禁物。幸い時間の余裕はある。様々な人に助言を仰ぎ、再びここに来て、有益な情報を引き出していけば問題ない。

そう決めると、キョウジは目を細めて、ゆっくりと椅子から立ち上がった。

「今日は、ここまでにさせてもらいます」

「うん。分かったよ。次に会えるのを楽しみにしているね」

ファヌルスは微笑んで頷いた。

キョウジは踵を返し、魔法陣のような円形の紋様が床に描かれた場所へ歩き始める。イツカの設置した転移トラップである。それを使って外へ出るつもりなのだ。内部の様子は常にイツカが見張っているはずなので、そこへ立てば転送してくれるだろう。

ファヌルスは少しの間キョウジの背中を見送ると、静かに目を伏せた。それから、例の鼻歌を歌い始める。祖国の自室で、浮遊島で、ファヌルスがずっと歌っていたメロディだ。

ゆったりと歌うファヌルスの姿は、猥らな美しさすら感じさせる。

その歌声を聴いて、キョウジはふと足を止めた。怪訝な顔で振り返ると、暫しファヌルスを見つめた。そして、すこぶる不思議そうな顔で、重苦しく声を絞り出す。

「なんでヴルドウト戦記のＢＧＭなんですか。しかも中ボス戦って。チョイス微妙すぎるでしょう」

「へ？　知ってるの？」

ファヌルスの顔に浮かんでいたのは、完全に意表を突かれた、ぽかんとした表情だ。それまでの超越的な色彩が喪失した、どこにでも転がっているような間抜け面。

ヴルドウト戦記とは、キョウジのいた日本で大手ゲームメーカーが製作したソフトのタイトルである。据え置き型と携帯型ゲーム機、その両方が発売されていた。いわゆるアクションＲＰＧに分類され、ハック&スラッシュを売りにしている。基本的には一人用だが、通信対戦も可能なシステムだった。

キャラクターメイクや育成の自由度の評判が高く、その手のゲーム好きにはたまらないタイトルの一つである。

ただ、ソフトを作ったメーカーがほとんど宣伝を打たず、キャラクターのビジュアルが洋ゲーっぽく日本人の好みではなかったため、売り上げはさほど伸びなかった。

キョウジがこの世界に来る半年ほど前に発売したものであり、直前まで遊んでいたゲームである。

どうやらファヌルスも、そのゲームのプレイヤーであったらしい。あまりに意外な共通点の発見に、キョウジとファヌルスは、いつの間にかゲーム談議に夢中になっていった。ただ大分、マニアックな話題のため、その手のゲームを実際にプレイした経験のある人でなければ、彼らについていくのは、なかなか難しいかもしれない。

「いや、僕はそうは思わないね！　やっぱり軽戦士なら鎌系統の武器で、回避スキルツリー開放しつつ、攻撃力を増強した方がロマンあるよ！」

「だから、鎌系統って結局重武器でしょ？　最低でも戦士じゃないと振りが遅すぎるんですよ！　一撃離脱やるときとかのソロ専ならいいですけど！　オンラインだとダメージソースにもならないし、壁もできないし中途半端なんですよ！」

　ファヌルスは、身軽な動きを得意とするジョブのキャラクターで、鎌に分類される武器を運用するのがポリシーだったようだ。だが、キョウジはそれを非効率だと断じている。

「じゃあ、君、ソロのときは何を使ってたのさ」

「エンジニア。ゴーレムとマシンガン系銃火器マシマシで」

「完全に趣味ビルドじゃないかっ！　それどっちつかずになるパターンだよ！」

「ゴーレムは完全に壁にして使うんですよ。そうすればスキルポイントほとんど必要ないですし。アイテムはほかのオンライン用のキャラで掘ってきます」

　二人は、そのゲームのプレイスタイルについて話しているらしい。様々なキャラクターを作ることができるようで、プレイスタイルについて意見が分かれている。

「ドワーフで重騎士の盾装備です」

「ゴリゴリじゃないか。それ逆にガチすぎて引くよ」

「実際、オンラインでタンク張るならそのくらい必要なんですよ。もっと腕のある人だったらいいでしょうけど。回避タンクとか上位でできる人限られてますよ」

「確かに僕も何度か回避タンクの上手い人と一緒に潜ったことあるけど。アレは人間の所業じゃないよ」

二人の会話は、とても軽やかに弾んでいく。最初はヴルドウト戦記というゲームの話だったが、いつの間にか別の話題へと変化している。

「いやいや。確かに実弾兵器かい！　とは思いましたけど。あのアニメのロボットって、ビーム兵器無効化シールドあるじゃないですか」

「そうなんだよ！　ならむしろ主人公機が実弾兵器載せてるのは当たり前じゃないか！　本編でもその説明あっただろう、って！」

「ありましたねー。ただ、ミサイル系統積んでませんでしたけど。あれってやっぱ、重量の関係ですかね？」

「ぶっちゃけ、機動力が命だって言ってる二足歩行兵器に、くっそ重いミサイル積みまくるのってどうよ、って話で」

「あー。分かります。戦闘機とは違うって話ですよね」

「そうなんだよ！　凄い速さでミサイルぶち込むのなら、戦闘機でいいんだよね！」

ファヌルスのテンションはどんどん上がっていった。

片時も崩れなかった仮面のような微笑は消え、今は天真爛漫な子供の表情そのものだ。ころころと変わるそれは、日本のどこにでもいる、いわゆるオタク系に近い。妖艶な美貌はこれまでどおりだが、キョウジには今の彼から、女の子にモテそうな雰囲気を一切感じなかった。

やはり、ファヌルスの本質は、キョウジと同じ種類の人間のようである。

「ていうか、どっちでもいいと思いません？　酢豚にパイナップルって」

「あとあれね。ポテサラにリンゴ。確かに嫌がる人の気持ちも、必須だって言う人の意見も分かるけどさ。好みじゃん。もうその辺は」

「ですよねぇー。かといって、まあ、すぐ火種になることじゃないですか？　正直どっちでもいいって、言いにくくありません？」

「分かる。なんか、あるよね、そういうの。人によっては重要な問題だろうから、嘘でも感想みたいなものを持たないといけないんだろうし。どうでもいいって言うと、すっごい、なんか存在すら認めてないように誤解されて非難されるのも面倒くさいみたいな……。分かるけど！　くっそ、どうでもいい！　みたいな」

「それよりもラーメン食いたい。的なヤツですよね」

「まさにまさに」

傍から聞いていると、どこまでも下らない会話である。いわゆる「中身のない話」というやつだ。キョウジとファヌルスは、まるまる半日以上、そんな会話を繰り広げていた。話題は、まったく尽きない。二人の趣味はかなり近いものらしく、片方が話を振れば、必ずもう片方が食いついた。

ようやく話が途切れたのは、話すことがなくなったからではなく、二人とも喉の渇きで声ががらがらになり、体力の限界が来て、机に突っ伏したためであった。

一呼吸置くと、ファヌルスはよろよろと体を起こし、けだるそうに薄目を開けた。疲労困憊のあまり、しっかりと目を開けていられないのだ。何が面白いのか、弱々しく笑いながら、辛そうに腹を押さえている。笑いすぎて、腹筋が痛くなっているらしい。

「あははは。もう、あれだ。言葉遊びするのも疲れたなぁ。あれだよ、僕はアレだ、元々はキモオタってやつでね。しかもコミュ障でメンヘラだったわけだ。そんな僕が、あれだよ？　誰にでも能力で好かれるなんて状態になってみなよ。そりゃ、気も狂うさ！」

「でしょうねぇ。孤立無援だし。相談しても、どうせみぃーんな能力のおかげで慰めてくれるんでしょ？　みたいな」

「ほんとだよ。どうにかして能力抑えようとか、消そうとかしたけどさ。もう、ぜんっぜんだめ！無理！」

「あー。なるほど」

ファヌルスと同じ姿勢で休んでいたキョウジも、だるそうに机から顔を上げた。それから重たげな瞼を開け、妙に力のある視線を、じっとファヌルスへ向けた。

「きっと、僕もそうなりますよ。貴方と同じ立場なら」

「そうかな？」

「あるいは同じようなことをしていたかもしれません。ハンスさんとか、ケンイチさん達に出会ってなかったら」

死んでさえいなければ、どんな病気や怪我もたちまち治してしまう奇跡の治療魔法。それが、キョウジの能力だ。使いようによっては途轍もない悪用も可能となる。

死にかけているところを救われれば、どれほど感謝されることか。貴族なら幾らでも金を積み、民衆なら彼を神のように崇め、忠誠を誓う人達も数多くあらわれるだろう。

キョウジの能力は、そういう使い方もできるものなのだ。

「だから。貴方は少し状況が違った立場の、僕なんですよ」

ファヌルスは眠そうに眉をひそめて机に蹲り、肩を小刻みに震わせた。今度の笑いは先ほどのものとは種類が違っている。嗚咽や涙といった極めて人間らしいもの……、これまでファヌルスが決して見せようとしなかった生の感情が、その声には入り交じっていた。

キョウジはそれに気づかないふりをして、再び机に上半身を投げ出した。

暫くして、ファヌルスは両手を机に置き、ゆっくりと身を起こした。それから嗄れた喉で、唸るような声を出す。

「……そうか。確かに君は僕に似てるかもね。生まれ変わる前もボッチだったけど、ネットとかがあったから、まだマシだった。こっちに来てからは、マジで孤立無援だったからね。なんか、君と話せてよかった」

ファヌルスは椅子に座り直し、姿勢を正す。その顔からは、それまでの超然とした微笑が消えていた。卑屈さと皮肉さをない交ぜにした歪んだ表情。おそらくそれが、ファヌルスの本来の笑い方なのだろう。

「もっと、もったいぶるつもりだったけど。君の喜びそうな、いや、喜ぶことを教えるよ」

「何ですか、一体」

キョウジは体を起こし、少しわざとらしく、うっとうしそうな目でファヌルスを睨んだ。同族に向けるようなキョウジの視線を受け流すと、ファヌルスは口の端を吊り上げる。

「僕の後ろにいるヤツの話だよ。分かるだろ？　いくら僕みたいなチート能力があっても、それだけじゃ、そうそう上手く公爵家なんかに取り入れないさ。手引きしてくれた連中がいるんだよ」

キョウジは、にわかに険しい目つきになる。確かに、幾つか考えた推論の中に、そういったケースも含まれていた。

能力が強力だとはいえ、元々ただの農民であったファヌルスが、どうやって貴族との接触を、それも公爵という高位の貴族と繋がりを作りえたのか。

偶然出会うこともあるだろう。だが、普通なら遠目から眺めることしかできないはずだ。それがファヌルスの能力が効果を発揮する至近距離まで近づき、言葉を交わす機会に恵まれた。

そうして公爵はファヌルスの能力に堕ちた。

これを単なる偶然という判断で片付けてしまっていいものか。つまり、ファヌルスは公爵と接するための何らかの助力を得ていた、とも想定されるのである。

「予想外の話じゃないだろう？　僕の能力をそれと知っていて、いろいろな有力者に会わせた黒幕がいるんじゃないかって。そうだよ、いたんだよ。僕の能力を利用したヤツと、連中が」

ファヌルスは、どこか皮肉めいた笑みを浮かべて言う。

キョウジは僅かに目を細めて首を左右に振った。そして、ファヌルスをじっと見据える。

「ごめんなさい。大事な話だって分かってるんですけど、僕、今すんごい寝落(ねお)ちしそうです」

「うん、正直、話し方でテンション上げて誤魔化そうとしてるけど、僕もだよ」

二人は苦笑を漏らし、ほとんど同時に疲れきった溜め息を吐く。お互いに顔を叩いたり、目頭(めがしら)を押さえたりして、何とか眠気(ねむけ)を払った。

「締まりませんね」

「実際、僕にはこっちの方が似合ってるんだろうね。元々の性分は三枚目以下なんだからさ。顔は相当イケメンだけど」

「ぶっ飛ばしましょうか」

ファヌルスは声を出して笑った後、改めて話し始める。

内容は、彼を後押ししてきた人物と、異世界全土に広く知れ渡った巨大な組織についてであった。

2　手紙を受け取る男達

ロックハンマー侯爵に呼び出されたハンスは、その居城へ向かっていた。

王城からハンス宛に手紙が届いたらしいのだ。本来なら、ハンス自身へ直接送られてきそうなものである。ところが、そうはならずロックハンマー侯爵の手元を経由するということは、相応の事情があるのだろう。ましてや「差出人」が王城である。つまり、国の中枢からというのがなんとも きな臭い。

もともとハンスは、有力貴族の出身だ。だが家督の継承順位は、当主の予備の予備の予備の、そのまた予備程度と、非常に低かった。

そんな立場の故か、命も軽く扱われていた。有事の際に殉死でもしてくれれば本家の名声の一助になると、国軍へ入れられたのだ。

しかし本家にとって予想外だったのは、ハンスが恐ろしく優秀な兵士だった、という点である。メキメキと武人としての才覚を発揮したハンスは、絶大な戦力を有する人物に授与される「騎士」の称号を賜ることとなった。

これには本家も危機感を募らせた。捨て駒にしたはずの人間が、いつの間にか大きな力を得るようになったのだ。このままいけば家を乗っ取られるか、あるいは今までの恨みにより復讐を企てられるか。そんなときに勃発したのが、先の隣国との戦争だった。

ハンスは本家の思惑により、その戦いに投入され、様々な無茶な作戦を実行させられた。にもかかわらず、蓋を開けてみれば、ハンスはその任務すべてを成功させ、敵将を討ち取るという大金星を挙げたのだ。

こうしてハンスは国王陛下に直接拝謁し、慣例として戦勝の褒美を賜る栄誉まで手に入れたのである。しかもその内容は、一つなら何でも望みが叶えられるというものだった。

本家としては、気が気ではなかっただろう。ハンスの願い次第では、本家は大きな打撃を受けるかもしれないからだ。

だが、そこでハンスが希望したのは、王都から遠く離れた田舎を守る地方騎士になることだった。

そんな異色の経歴を持つハンスである。国の中枢からの手紙という時点で身構えるのも無理はない。

ハンスは現在、ロックハンマー侯爵領内にある街の地方騎士の立場にある。そのため、侯爵の指揮下にいる扱いとなり、何かしら要請がある場合、まずロックハンマー侯爵にお伺いが立てられることになっている。

その後、然るべき報告と連絡の手順を踏み、ハンスの元へ手紙などで指令が下されるわけだ。

今回の用件は、たとえば突然、地方騎士の任を解くとか、王都に出頭しろとか。

つまるところ、ハンスにとって迷惑極まりない内容が予想された。できれば受け取りにも行きたくない。だが役人の辛いところで、そういう我儘を言うわけにもいかなかった。

最近、すっかり板についてしまった浮かない顔をパンパンと叩いて取り繕うと、ハンスはロックハンマー侯爵の領主館へ足を踏み入れた。

ハンスが案内されたのは、ロックハンマー侯爵の執務室である。以前にも何度か入る機会があり、趣味のよい調度品の並ぶ、質実剛健とした雰囲気の場所だったと記憶している。

けれどもハンスは、その部屋に通された瞬間、唖然とした表情で凍りつくはめとなった。

ハンスの目に飛び込んできたもの——。

それは、部屋の至る所に浮かび上がるモニターと、様々な人物の話し声が聞こえて来る摩訶不思議な円陣であった。

執務室の主は、それらに目を向けながら忙しなく空中に浮かんだ何かに指を走らせている。キヨウジが話していたところによれば、それはキーボードと、入力した文字の確認画面とのことだった。

「ああ、騎士ハンス。呼び出して申し訳ない」

ロックハンマー侯爵は、ちらりと旧知の訪問者を一瞥すると、妙にこなれた調子でキーボードの端を指で突き、おもむろに席を立った。キーボードと、それに対応していたモニターが消え、円陣から響いていた音もピタリとやむ。

ロックハンマー侯爵は、部屋の中央に置かれたテーブルとソファーまでやって来て、ハンスに座るように促した。ハンスが腰を下ろすのを確認し、自身もソファーに座る。

「先日言っていたと思うが。イツカ殿に協力を仰いで、少し改装をしてね」

「やはり、そういうことでしたか」

機嫌のよさそうなロックハンマー侯爵とは対照的に、ハンスの顔は引きつったままだ。この部屋の主の気質を表した、かつての趣は見事に失われている。

ハンスの目の前に展開される近代的な設備は、キョウジが考案し、ダンジョンマスターのイツカが組み上げたものだった。浮遊島との一件以来、イツカの能力はさらに強化されていたのである。

従来あったトラップの機能向上に加え、新しいトラップによる設備の追加。さらには、今まではイツカを助ける外部能力装置「ジャビコ」しか使えなかったモニター類も、トラップとして自由に設置できるようになっていた。

これを機に、ロックハンマー侯爵は自身の執務室に、便利そうなものを片っ端から導入させたのである。

「今もイツカ殿にちょくちょく来てもらって、調整している最中なのだがね。いや、これがなかなか便利でね。あちこちにゴーレムを設置して監視カメラとして使ったり、通話道具として使ったり」

「監視カメラ、ですか。確か、カメラというのは映像を映すための装置、でしたか」

「そうそう。キョウジ殿達が説明していた言葉だね。これらのおかげで、仕事が恐ろしく捗ってね。特に文字などを入力すると、ゴーレムが出力してくれるワープロ、というものが素晴らしい。私が先ほど使っていたものなのだが」

そう言いながら、ロックハンマー侯爵は部屋の一角を指さした。そこには四角い箱に似た物体が置いてある。その内部からは軽い駆動音が響いており、時折紙が吐き出されていた。

「あれは、先ほどのモニターと対応していてね。内部にペンを仕込んだゴーレムが入っている。紙を補充して指示を出せば、モニターで入力した文字と寸分違わぬものを描き出してくれる仕組みだ」

使用方法は、幾らでも思い浮かぶ。純粋な武官であるハンスでもそう思うのだから、頭のいい人間が見たら、どんな事態を招くだろう。

それ以前に、ハンスはロックハンマー侯爵が順応していることも恐ろしかった。すでに当たり前のように使いこなしている。

「プリンター、という名前だそうでね。彼らの世界にあるものを真似て作ったらしい。筆跡が一定になってしまうので、私が直接書かなければならない手紙類では使えないのだが。書類などはこれで代用できるから、素晴らしく時間が短縮できるのだよ。便利なものに慣れると戻れなくなるというのは、まさにこれのことだと思うのだがね」

まあ、それはともかく、と、ロックハンマー侯爵は本題を切り出した。机の上に置いてある箱に手を伸ばして蓋を取る。中に入っているのは、一通の手紙だ。

ロックハンマー侯爵から手渡されたそれを、ハンスはためつすがめつ確認する。

宛名は、地方騎士ハンス・スエラーとなっていた。

「差出人」代わりの封蝋は、王城の執政官室のものだった。それは、王の仕事を助ける執政官を補佐し、実務的な活動をする組織のことである。ハンスの国の中ではかなり重要な組織であり、強い権限と力を持っていた。

にわかにハンスの眼光が鋭くなる。どこかの国と開戦し、「騎士」としてのハンスの力が必要になったのではないか。ハンスが真っ先に思い浮かべたのは、戦争の二文字だ。

ハンスの内心を察したのか、ロックハンマー侯爵は首を横に振った。

「実は私の方にも執政官室から手紙が来ていてね。君宛の手紙の内容に関する記述もあったのだがね」

「お聞きしても?」

「うむ。先日君の街の近くで起きた天変地異について報告をして欲しい、とのことなのだがね」

その単語を耳にして、ハンスは首を傾げた。確かに成層圏から人が落下してきたり、デカイ島が飛んできたりはしたが、これらは人為的なものである。ここ最近、自然災害の類が起きた記憶はない。

怪訝な顔をするハンスに、ロックハンマー侯爵は言葉を続けた。

「どうやら、教会の方から何かを言ってきたようでね。お告げで災害の暗示があったとか」

「教会、ですか」

教会と言えば、「太陽教会」という宗教団体のことを指す。数多くの国で信仰されている宗教で、ハンス達の国もそのご多分に漏れない。大抵の街には、その支部である教会が建設されているのだが、ハンスが住む街には看板をかけただけの無人の建物しかなかった。クソ田舎だからである。

初めて街を訪れたとき、教会すらないことを知ったハンスは、「ここは一体、どこの地の果てなんだ？」と思ったものだ。

それはまあ、いいとして――。

「教会には、神託を受けられる者がいてね。そこにお告げがあったそうなのだよ。君の街の近くに、大規模な天変地異が起こった、と。ただ内容までは詳しく分からないらしくてね。まさか、とは思うのだが……」

「浮遊島の件なのではないか、と？」

「うむ。正直なところ、神託というのに関しては眉唾だとは思うのだがね？」

国教とはいえ、すべての人間が敬虔な信者というわけではない。行事に参加したり、寄付などは行ったりするものの、聖職者が祈祷で起こす奇跡を心から信じている者は意外と多くはなかった。

特に、軍部には信者がほとんどおらず、神の力ではなく魔法の効果だとする考えが一般的である。

魔法という力を個人で持ち得ることが当たり前の世界であるが故に、そういう迷信じみた力は、かえって一部の人間の間では真に受けにくくなっているのかもしれない。

どうやら、ロックハンマー侯爵もその一人だったようだ。ハンスもほぼ同じ考えである。

「しかし、時期が悪かったね。今年何があるか、覚えているかね？」

「確か大分先に、第一王子の立太子の式典があるはずでしたが」

それは王位継承権第一位の王子を、公式に次の国王として布告するための行事である。その重要度から、国のすべての貴族に参加が義務づけられていた。とはいっても、爵位を持つ家長に限られる。ハンスのような者は、逆に会場に近づくことも許されないだろう。

「そう、それだよ。知ってのとおり、あの式典は太陽教会から司祭を呼ぶのだがね。どうもそれに関係しているようなのだよ。立太子式典の直前に天変地異が起きたのは、不吉な兆候やもしれない。詳細に調べるべき、だとかね」

国で行う大きな行事には、国教である太陽教会を招く場合がほとんどだ。王は神からその権限を与えられたことになっているので、建前上、絶対に必要なのである。

その太陽教会から、王太子擁立のタイミングで物言いがついたとなれば一大事だ。よしんばこの話が民衆にでも流れれば、王太子は神に祝福されていないのではないかという悪い噂のもとにもなりかねない。

「すぐに千里眼の使い手が集められ、君の街の周辺を調べたそうだよ。ところが、街から少し離れたある地点だけさっぱり見通せない……となったのだそうだ」

千里眼は、大きな魔力の乱れがあると無効化されてしまうことがある。その場所は、十中八九、浮遊島が落下した地点だろう。

「そこで、これは一大事かもしれない、と事情を知る者達の間で騒ぎになったらしいのだよ。手紙には至急現場を調査し、直接王城へ報告せよ、と書いてあるのだがね」

「直接、というと……。まさか侯爵閣下もですか」

「ああ。おおよその経過は、王城と遠話魔法を繋げている者が居るから、彼らを通じて報告できるのだがね。流石に事が事だから、形式に則した命を下したと、いうところだと思うのだがね」

確かに、報告だけならば遠話魔法で事足りるはずだ。だが重要な案件だけに、口頭での報告が直接必要になったらしい。王太子の立場を磐石にするためにも慎重さが求められているのだろう。

「最終的な報告会は、式典の直前に行うそうだよ。私はそのまま王都に留まり、式典へ出るわけだね」

「なるほど」

ハンスは少し考え込むように顔を伏せた。それから手にした手紙を凝視して言った。

「一応、私も中身を確認してみます」

ロックハンマー侯爵が頷くのを確認して、ハンスは封蝋を開けた。手紙の内容は、おおよそロックハンマー侯爵が話したとおりであった。

ハンスは手紙をロックハンマー侯爵に渡した。

「読んでもいいのか？」という問いに、ハンスは首を縦に振る。ロックハンマー侯爵は素早く文面に目を通した。

「やはり、同じような内容だね。私に届いたものに比べれば、随分と情報が削ぎ落とされているが」

「地方騎士へ届けられるものですから、当然です」

「まあ、それはそうかもしれないと思うのだがね。とにかく、どう説明したものか」

侯爵の言葉のとおりである。バカ正直に、何があったか説明するのは大いに煩わしい。

――ああ、その件なら空飛ぶ島が、めっちゃ魔獣とか積んできてぇー！　戦争みたいな騒ぎになったんですよぉー！

――なんて、どうして説明できようか。

そんな下手を打てば、これまでの事件をすべて報告するはめになる。ロックハンマー侯爵の立場の失墜を招く恐れがあるばかりか、日本人達の立場も危うくなるだろう。

牢獄には現在、ファヌルスという爆弾まで抱えているのだ。国の中央に報告するにしても時期尚早だ。

「まあ、ごまかすしかないとは思いますが。こちらのことを向こうがどの程度掴んでいるのかが気になりますね」

執政官室が、指示だけ出して何もしないとも考えにくい。独自に調査官などを派遣してくる可能性もある。

もっとも、表向きには、そういう者達は来ないだろう。

ロックハンマー侯爵領内で起こった問題に関する裁量は、統治者である侯爵に任されるのが当たり前だからだ。まして「人里ではない場所で起こったかもしれない天変地異」である。

そもそも捨て置かれてもおかしくない案件だ。今回のような時期でもない限り、調べられもしないだろう。危険な魔獣だとか、不思議な魔法だとかいったものが普通に存在する世界の話である。何の被害もなければ、天変地異などどうでもいいことなのだ。

——だからこそと言うべきか。

表からの調査がなければ、当然裏から密偵の類が放たれ、独自に潜入捜査などをされる恐れがあるわけだ。

とはいえ、ロックハンマー侯爵のもとには同種の任務を専門とするコールスト子爵家がある。彼らの目を盗んで、そういった者達が領内を自由に暗躍するのは至難の業と言っていい。

これに加えて、コウシロウの千里眼と、ケンイチの配下である魔獣達もいるのだ。

余程の腕利きでもない限り、ハンスやロックハンマー侯爵の身を危うくする致命的な情報が漏れる心配はないだろう。

ただし、状況的には非常時に近いため、万全を期しておいて損はない。

「私もそれが気になってね。念のため、セヴェリジェとセルジュ殿を王都に派遣する予定だよ」

「はぁ、なるほど。……って、はぁ⁉」

セヴェリジェとは、件のコールスト子爵家の次男である。強力な魔法が扱え、隠密活動なども得意としていた。

問題なのはもう一人の、セルジュの方だ。元々隣国の兵士であった彼は、裏仕事をするために生まれてきたような男である。

得意分野は、諜報、隠密活動に、破壊工作。

今はいろいろあって、ロックハンマー侯爵お抱えの傭兵として活動しているものの、そんな危険な素性の男を、王都に潜り込ませてよいものか。ハンスが驚くのも無理はなかった。

「セルジュ殿には、私の館があるこの辺りの街の、商会の主人の立場を与えてある。きちんと実体のある店だよ」

商人は小回りの利く立場だ。品物の買いつけと言い張れば、どこに居ても怪しまれる心配はあまりない。金回りがよくても不自然ではなく、諜報を行う者には適職である。

「しかし、危険ではありませんか？　いろいろと」

「そのためにセヴェリジェを同行させたからね。問題はないとも」

侯爵に力強く胸を張られ、ハンスはぐっと言葉を詰まらせた。

セルジュは小器用な男だ。上手くやりそうな気はする。が、元々彼は敵国の兵士であり、〝雷光〟という二つ名で恐れられた存在だ。ハンス達の国の軍隊を散々引っ掻き回し、大きな痛手を与えた記憶は今も生々しい。

「ああ、安心したまえ。変装はするそうだからね。私も実際に見たが、あれはなかなかに化けていると思うのだがね」

「いえ、そういうことを言っているのではないのですが……」

どうしたものかと悩むハンスだったが、まあ、ロックハンマー侯爵がよいというのだから、異論を唱えようとは思わない。無理やり納得して、話を先に進めることにする。

「ごまかすにしても、どうするおつもりですか？」

「状況によるが、とりあえず地すべりが起きた影響で、魔石を含む地層が出てきたことにすれば、いろいろと都合がいいと思うのだがね」

——天変地異は、地すべり。

確かにそれならば説明がつく。千里眼が効かなくなったのは、地層に含まれた魔石の魔力のせいにできる。

「ですがそれだと、魔石採掘の話が持ち上がりませんか？」

魔石は貴重な鉱物資源だ。魔法道具の材料になるので、採掘場所には多くの人員が投入されると予想される。

「確認できたのは、クズ石だけ、ということにしようと思っているのだがね」

鉱山などは、それがある領内の貴族が管理者とされている。そこから得られる資源は、必然的にその貴族の収入となるのだ。従って、そこには当然のごとく税がかかる。

ならば鉱山の存在を隠蔽すれば納税の義務から逃れられるかというと、そうとも言えない。国の監察官の目は厳しく、出し抜くのは相当困難だからだ。

また、魔石は扱いが難しいため、買い手も限られてくる。ごまかしたところで換金方法も少なく、国の監察官に発見されれば、最悪の場合、爵位を返上する懲罰の対象となる。そうなると、そこまでのリスクを負う貴族は皆無と言ってよいだろう。

しかも素直に国に報告すれば、鉱山の開発費用の一部を援助してくれるのである。

「魔石と言っても、大粒のものでなければ加工の手段がないからね。砂粒大の魔石ばかりが出る地層も多い。それが出土したと言えば、不審に思う者はまずいないと思うのだがね」

こういった地層は「ハズレ」と言われることがほとんどだ。砂粒大の魔石が出てきたところで、魔法道具の材料にならないのである。大きな粒に加工する方法も研究されているが、未だに見つかってはいない。

大きな魔石を削った屑は、地球で言う火薬のようにも扱えるが、もとが小さな魔石では、その手の使用も難しかった。爆発はするものの、威力は大きな魔石の削り屑の五十分の一以下。土や砂粒と仕分けるのもすこぶる大変で、費用対効果も合わない。

はっきり言って、何の役にも立たない代物だった。

そのため、ハンスから見ても、ロックハンマー侯爵の話の持っていき方は上手い手だと思えた。

「流石、ロックハンマー侯爵閣下ですね。それならば皆も納得するでしょう」

「そうだね。何か余程の事情でもない限り、これでどうにでもなると思うのだがね」

確かに普通であれば、その報告で無事終了となるだろう。

「場所柄、人的被害もなかったとなれば、まさにただの地すべり。立太子の式典にケチがつくこともない」

物や人に被害がなければ、天変地異など起こっていないのと同じだ。だが問題はある。式典に関することではなく、タイミングの話だ。

「本当にただの神託なのでしょうか？　こちらの事情を掴んでいるのでは？」

「私もそれを考えていたのだがね。何しろ言い出したのは、太陽教会だからね」

太陽教会は、ハンス達の国だけではなく、様々な国に影響力を持つ巨大宗教組織だ。隣国の事情を知っていたとしても、おかしくはない。

つまり、浮遊島の一件が把握されている恐れがあるわけだ。とはいえ、あくまで宗教団体でしかない彼らに何ができるというのか。知らぬ存ぜぬでしらを切り通せば、強引な介入も不可能だ。

「だが、実際にこちらが『それがどうしたのか？』と言えば、それ以上首も突っ込んでこないだろう。確かに様々な場所に影響力を持ってはいるが、それまでだ。彼らの懐に入る金の量が増えるわけでもないし、彼らにとって、その件を取り上げるメリットは特にないと思うのだが」

ロックハンマー侯爵は言葉を続け、暫く悩む素振りを見せた後、首を横に振った。

「まあ、とにかく彼らの目的が分からないことには、調べてみないとなんとも言えない、と思うのだがね」

情報がなければ、何も判断できないため、具体的な方策も立てられない。今のところ、これ以上できることはないだろう。

「調査結果のでっち上げは適当にしておくよ。口裏合わせのために、また何度か、こちらに足を運んでもらうことになると思うのだがね」

「分かりました。よろしくお願いします」

「よろしく頼む。ひとまず、そんなところかな」

今後の方針が決まったところで、ハンスは席を立とうと腰を浮かした。ロックハンマー侯爵は忙しい身の上でもある。長居は無用だ。

そのとき、部屋の扉がノックされた。ロックハンマー侯爵が口を開く前に扉が開いた。入って来たのは、兵士の一人であった。

「お話しのところ、失礼します！　緊急にご報告せねばならないことが！　ハンス殿にも、お聞きいただいた方がよい内容です！」

二人はすぐに、表情を引き締めた。

ロックハンマー侯爵の目配せに、ハンスは小さく頷いてみせる。

「聞こう」

「ファヌルス・リアブリュックの尋問に当たっていた、スドウ・キョウジ殿より連絡です。ファヌ

ルスが、自分の背後にいたものについて供述しました」

余程大きな、あるいは厄介なものの名前が明かされたのだろう。兵士は一度深呼吸して、気持ちを静めてから、はっきりとよく通る声で言った。

「背後にいたのは、太陽教会。あらかじめファヌルスの能力を知った上で、協力を申し出てきたそうです」

ロックハンマー侯爵は、鋭く目を細めた。

ハンスは目を見開き、表情を険しくしている。

王都からの手紙。

ファヌルス。

そのどちらにも関係する、太陽教会。

これだけインパクトのあるカードを並べられては、きな臭いものを感じるな、というだけではすまないだろう。

「騎士ハンス。これは少々、厄介な事態になりそうだと思うのだがね」

「そのようですね」

ハンスはソファーにどっかりと腰を下ろすと、悟られないように小さく溜め息を吐くのであった。

3　説明する女と聞く男

ファヌルスが七、八歳くらいの頃、突然、一通の手紙が届いた。

その手紙を受け取ったファヌルスは、大変困惑したという。驚くのも無理はない。「差出人」は、太陽教会の総本山である中央大教会となっていたのだ。

一体どういうことなのか。恐る恐る中身を確認してみると、ファヌルスはさらに驚愕した。

手紙の書き出しが、次のようなものだったからである。

「はじめまして。私は現在、教会で聖職者をしている、元日本人だ」

そう、その手紙の送り主は、ファヌルスと同じ元日本人、転生者だというのである。

喜び、驚き、様々な感情が湧き上がる中、ファヌルスは震える手で内容を読み進めた。書き出しの後には、突然手紙を送ったことを詫びる文章が続いていく。

「急にこんな手紙を送られて、さぞ驚いただろう。君のことは、遠くから見させてもらった。すぐに声をかけようかとも思ったのだが、君の能力を考えて、まずは手紙を出すことにする」

要約すれば、そのようなことが書いてあった。

ファヌルスの能力とは、「ニコポ・ナデポ」のことにほかならない。それなら確かに、傍へ近づくのは躊躇われるだろう。

しかし何故、手紙の「差出人」は、ファヌルスの能力を知っているのか。

その答えは、手紙の続きに綴られていた。

「自分には『鑑定』という能力がある。目にしたものがどんなものか、正確に推し量り、解析できる能力だ。たとえば人間なら、名前、年齢、出身、特技、現在の能力、潜在能力、生い立ちなど、私が望む情報を、ほとんど知ることができる。その能力を使って、君のことを見抜いたのだ。もちろん、君がその能力を大いに嫌っていることも、分かっている」

ファヌルスは、後頭部を思い切り殴りつけられたような衝撃を覚えた。

内容が嘘なのではないか。

だがそれを書く理由がないし、嘘なら書かれている中身の説明がつかない。ファヌルスは自分の能力について、生まれてから誰にも打ち明けていなかったからだ。

それを知る方法として、「差出人」の能力が本当なら納得がいく。

では一体、その目的は何なのか。

続く内容は、次のようなものであった。

「たとえば、『君が不安がる必要はない。すべて能力のせいだから』とか、『きっと皆、君のことを赦してくれるし、そもそも愛してくれている』とか。そういった聞こえのいいことを言ったところで、君は受け入れてくれないだろう」

手紙は、じわじわとファヌルスの内面に入り込んでくる。

「君は偽善的な言葉は信じず、もっと穿ったものの見方をする。能力のおかげで、君の性格を知ることができた。その上で、君が何を企んでいるのかも」

それから核心を突くような文章が続いた。

「誰かを助け感謝してもらうことで、好いてもらう。猪口才で、しゃらくさくて、小ざかしい。でも、間違ってはいない、よい手段だ。そんな君に、提案がある」

なるほど、手紙の主の能力は本物らしい。端から慰めたり肯定したりするのではなく、一度貶してから認める。この話の持っていき方は、ファヌルスの性格を捉えていた。この「差出人」は得体が知れないが、信用できそうだ。

何より、生まれ変わってからずっと、周囲の人々に甘やかされて育ってきたファヌルスにとって、こういった皮肉の利いた辛口の評価は、甘美な刺激として受け取れたのである。

それにしても、提案とは何なのか。

「人と人とを繋げて、感謝を得る。そのやり方にも、そろそろ限界が来るだろう。より多くの人と知り合う必要があるからだ。その解決方法として、君がうっすらと思い描いている、貴族の養子になるという方法。それは、いいアイデアだと思う」

ファヌルスの頬を生暖かい汗が流れる。

「だが、今のままだと、随分と時間がかかってしまうはずだ。君は貴族に繋がりがない。だから、君さえよければ、私が君を手伝おう。太陽教会は、当然貴族にも顔が利く。その繋がりを使えば、君はあっという間に目的の大半を達成できるはずだ。もちろん、お礼はしてもらう。君はこちらのコネを使い、ときにこちらが君のコネを借りる。持ちつ持たれつというやつだ」

渡りに船というものだろう。

何日か悩んだ後、結局ファヌルスはこの提案を受け入れることにした。返事の手紙は、近くの街の教会に出せばよいらしい。

それから暫く後、近隣の太陽教会の司祭が一通の手紙を持って訪ねてきた。かなり地位の高い方からの指示を受けて、ここまで来たという。

ファヌルスは早速、その手紙の中身を読んだ。

それによると、本来は自分の側近を送ればよかったのだが、残念ながらそれは難しいと書かれていた。

それはそうだろう。重要な部下をファヌルスの傍に派遣して洗脳されたら堪(たま)らない。ただ逆に言えば、目の前の司祭は、「ファヌルスの近くに置いてもいい」人物だとも受け取れる。

手紙にも、「便利に使うといい」と記されていた。

なるほど、確かに便利だ。

ファヌルスにとって、様々な立場の人間に自然に近づける司祭は、幾らでも利用価値がある。この司祭は、とりあえずのお近づきの印、と言えた。文句のない贈り物である。

こうして、ファヌルスと「差出人」との付き合いは始まったのである。

「差出人」は、自分の正体を明かさなかった。

その方がお互いに安全だし、安心だろうというのが、「差出人」の言い分であった。

相手は中央大教会の名を使えるほど、太陽教会の中でも地位の高い人物だ。世界各国に絶大な影響力を持つ、最高位の聖職者ともなれば、その権力は一国の貴族にも匹敵する。場合によっては、王とすら肩を並べるかもしれない。

もし「差出人」がそういった人物であった場合、ファヌルスはその人物の秘密を握ることになる。それは、必ずしもいいことだけではないのだ。むしろ、命取りになることの方が多い。

その相手に強大な権力があれば、都合の悪い秘密を知る人間など、早々に消してしまった方が安心できるからだ。

おそらく「差出人」は、それができる人物なのだろう。そんな相手のことを探ろうとは、少なくともファヌルスには思えなかった。当時のファヌルスは、まだ自分の命が惜しかったのである。

ところで、この正体不明の「差出人」は、実に手際(てぎわ)のいい人物であった。「上手く使え」というあの司祭を仲介役にして、様々な人物をファヌルスに引き合わせてくれたのだ。

街の顔役、大きな商会を持つ商人、貴族と繋がりのある役人。

ただの農民には、会うことすら難しい人物も中にはいたが、様々な行事に招かれる司祭の地位は非常に有用だった。付き人として少年が一人同行したところで、不自然に思う者はまずいない。

「差出人」は、ファヌルスに司祭の付き人という立場を用意することで、コネ作りに貢献してくれたのである。

相手の傍へ近寄れたら、あとは簡単だ。挨拶をして少し会話をすれば、それだけでファヌルスを支援してくれるようになる。ファヌルスは太陽教会が関わる行事のたびに、司祭の付き人として様々な場所へ訪れた。

その上都合がいいことに、往々にして、権力を持つ人種は、慣例行事を疎かにしない。つまり、ファヌルスが是非とも懇意になりたい人物達が、自然と一堂に会する機会も少なくないのだ。

こうしてファヌルスのコネは一気に広がり、数年後にはついに、当面の目標としていた場所へ辿り着く。

それは領地を治める貴族、リアブリュック公爵だった。

時間はかかったが、会えさえすれば、あとは簡単。にっこりと微笑み、握手の一つもすれば、それですべて事足りる。

この暫く後、ファヌルスは無事に、リアブリュック公爵家へ養子として迎え入れられた。

あとは、とんとん拍子である。

大貴族の息子ともなれば、できることは無数にある。おおよそどんな相手にでも、王族にさえ会えるのだ。こうなれば、ファヌルスの最大の目的は叶ったも同然。

自分に好意を寄せている人に感謝されることで、自分は相手に好かれてもいいのだという、自己肯定からくる満足感が得られる。それこそが、ファヌルスの最大にして唯一の願いなのだ。

ファヌルスの歓喜は、大変なものであった。水を得た魚のように精力的に動き回ったのは、言うまでもない。

かくしてファヌルスは、自分の地位を盤石(ばんじゃく)なものとしつつ、自分の願いを叶え続けたのである。

順調に事を運んだファヌルスだったが、途中、まったく不安がなかったわけではない。

件の「差出人」のことである。

「差出人」は、様々な場を用意して、ファヌルスを支援してくれた。それにはファヌルスも、大いに感謝している。

問題なのは、その見返りが一切求められなかった、ということだ。

――持ちつ持たれつ。

そう手紙に書いてあった以上、「差出人」にも何らかの見返りが必要なはずだ。一体、どんなものを要求されるのだろう。

しかし、「差出人」が具体的に何かを言ってくることは一度もなかった。これは、どういうことなのか。

不安を覚えたファヌルスは、定期的にやり取りしている手紙の中で、本人に理由を尋ねたことがあった。

返答は、ある種、予想通りのものであった。

君と引き合わせた、という事実そのものが、教会にとってプラスになる。今のところはそれで十分だ。

ファヌルスという、人脈を無限に広げられる存在と繋がりがある。それを足がかりにすれば、教会もまた、コネクションへの影響力を強くすることができるだろう。

とはいえ、それはあくまで副産物。

ファヌルスの願いから生まれた、いわばおまけのようなものである。それが「差出人」にとって有用だったとしても、真に望むものだとファヌルスには思えなかった。

そこで、ファヌルスは同じ疑問を再度手紙の中で投げかけた。するとやはり、「教会の影響力の強化は、自分が強く望むものだ。君にとって、誰かに好かれるのと同じぐらいに」という答えが返ってくるではないか。

これにはファヌルスも驚いた。

今までの手紙のやり取りで、「差出人」はファヌルスがどれだけ「好かれること」に固執しているか分かっている。「差出人」自身の能力でもその事実を確認しており、だからこそ、ファヌルスに手紙を送ってきたはずなのである。

ファヌルスの思いを知った上で、「それと同じぐらい」と言ってきたのだ。シャレや冗談ではないのだろう。おそらくこの「差出人」も、ファヌルスのような歪で異様な願望を抱えている。

その方向性が、「太陽教会を発展させること」なのだ。

「差出人」は、端からファヌルスの願いを利用し、ファヌルスを誰かと会わせることで、影響力を強くするつもりだったのだろう。

ファヌルスの願いを叶えることが、「差出人」の直接的な利益に繋がる。それでいて、ファヌルス自身にも恩が売れるわけだ。

実際、理由はどうあれ、ファヌルスは「差出人」に強い恩義を感じている。自分にできる範囲のことなら、協力を惜しむつもりはない。向こうにも思惑などはあるのだろうが、恩は恩だ。

ファヌルスが今までどおりに行動することで、「差出人」も利益を得る。

それであれば、まさに持ちつ持たれつ。

安心して、力を借りることができる。

「差出人」から、実質的な見返りとしての「お願い」をされたのは、ファヌルスが成人し、領地の運営などに腕を振るい始めたときのことである。以前、ファヌルスの側から「お願い」をしたことは何度もあったのだが、これは初めての展開である。

一体どんな内容なのだろう。

少し身構えて内容を読んでみれば、それは不思議なものであった。

「現在、君の国で進められている戦争政策を、支援して欲しい」という。

そのとき、ファヌルスの国は戦備の拡大や、戦力の増強など、戦争へ向けての準備段階に入っていた。並行して、戦争への民衆感情の誘導。とはいえ、元々相手国との仲は芳しくなかったため、その件では、さして労を要さないようではあった。

相手は巨大な国土と国力を持つ隣国である。その力の差を背景に、ファヌルスの国は昔から無茶な要求ばかりされてきたのだ。

まさしく無念千万。

少なくない数の民衆が、長年にわたって戦争の話をしていたほどだった。

この隣国というのはハンス達の国のことなのだが、彼らの国の事情は今は置いておくとしよう。

――とにかく。

各貴族家には、すでに国王名義で様々な要求や指示が飛んでいる。ことさら「差出人」にお願いされるまでもなく、ファヌルスも戦費や物資などで貢献していた。リアブリュック家の領地には魔法道具を作る工房も多く、需要は伸びる一方だ。

それで十分なのではないか、と思ったファヌルスだが、「差出人」の要求は、もっと大きいらしい。

ともあれ、ファヌルスとしては、別に問題はなかった。

何故なら戦争というのは、物も人も大量に動くからだ。人との出会いを足がかりに、「少しでも人に感謝をされたい」と望むファヌルスにとっては、最高の舞台だと言ってよい。

だが、何故、教会の拡大を望む「差出人」が、戦争への支援を求めるのか。

不思議に思ったファヌルスだが、すぐにあることを思い出した。貴族となって教え込まれた教養の中に、「太陽教会は戦争のために必要不可欠である」と言うものがあったのだ。

確かに教会というのは、人の生き死にや神々への祈祷を司る場所なので、それも当然だろう。

だが、「差出人」の様子は、そういった次元で片付けられなかった。

そこでファヌルスは、改めて太陽教会について調べることにしたのだ。

端的に言って、太陽教会は戦争が起こるごとに、その影響力を拡大していく宗教組織であった。

元来、太陽教会が信奉する「太陽神」は、戦を司る神でもある。神話の時代、悪神達との戦いで大いに活躍したことが、その理由なのだとか。

そのため、貴族や王族が戦勝祈願をする際は、必ず太陽教会の司祭を呼ぶこととなる。これは戦争をする双方の国に共通する場合も多かった。

では、教会はどちらにつくのか？

という疑問が湧きそうだが、問題はない。太陽教会自体はあくまでも中立であり、戦いの結果は、それぞれの力量と、神々の意思により決まる。あくまで教会は、強い願いを神々のもとへ届ける手伝いをする、という建前になっているからだ。

太陽教会の役割は、それだけではない。

たとえば、治療に関することが挙げられる。

戦場での怪我や病気への対策は、それぞれの国が当たっているが、手が足りない場合も多い。そういったとき、太陽教会はお抱えの「治療魔法の使い手」を貸し出すのだ。彼らは教会で専門の教育を受けた優秀な薬師でもあった。

もちろん、相応の額のお布施が求められる。

また、この教会は武器の売買などにも影響力を持っていた。

太陽神は魔獣との戦いを守護する役目を負うため、剣や槍、鎧や盾などを扱う商人とも繋がりが強く、戦争を起こしている国に彼らを紹介し、武器を融通することもあった。

当然ながら、この商人は、少なくない額のお布施を太陽教会にする。

それ以外にも、細かな部分まで太陽教会は「戦争」に介在していた。

最も大きいのは戦後処理だ。戦死者の葬式に必要な慰霊などは、まさに太陽教会の得意とするところだ。

そのほかにも、戦争のために生活が苦しくなった民衆への炊き出し、金銭的な支援、戦災孤児の対応まで太陽教会は手広く行っている。怪我人や病人には無償で医療行為も施す。

このように太陽教会は、戦争とは切っても切れない間柄なのである。

ここまで調べてファヌルスは唖然とした。

まるで、すこぶる悪質な武器商人のようではないか。戦争が起こるたび、太陽教会は間違いなく影響力を強めていく。民衆が教会に持つ印象が悪くならないよう、プラスの還元も忘れない。

「差出人」が戦争を支援して欲しい、と言った理由にようやく合点がいった。

太陽教会の拡大が目的なら、ファヌルスとの繋がりによって得た動かせる人材に、「差出人」が声をかけないはずがない。

ファヌルスは要望に最大限応えようと思った。「差出人」には恩義があり、自分の目的とも合致している。

しかもファヌルスにとって、戦争に対する忌避感はほとんどなかった。善悪などの倫理観に基づいた賛否はあるだろうが、むしろ肯定派である。国にとっては外交手段だからだ。

集まれば必ず諍いを起こすのが人間という生き物なのに、それをなくすのは不可能である。

そう、ならば是非もない。

とはいえ、この頃はまだ国の中枢にいる人物と会う機会も少なく、可能な支援は限られていた。それでも助けになることは確実にある。

一つずつ、できることをやっていけばよいだろう。

ファヌルスは直接戦場に立って、剣と魔法を振るう立場にはないが、物資の支援に関しては、専門の「知人」が何人もいる。戦争には後方支援も必須であり、「差出人」の目的の一つもまさにそれであった。ここでも、ファヌルスと「差出人」は、持ちつ持たれつの関係にあったわけだ。

「差出人」が初めて自身直属の手駒をファヌルスに貸し与えたのも、この頃である。

ようやく、「ファヌルスの能力を無効にできる魔法使い」が見つかったためだった。その魔法とは、「影の中に身を隠すことができ、外界からは音以外の影響を一切受けない」というものである。

この「影の男」には、何人もの部下がいた。

彼らの仕事は、ファヌルスが行う戦争への支援を手伝うこと。諜報や暗殺などはお手の物であり、元々は教会を裏で支える「暗部」だったらしい。

これならば、きっと上手くいくと、ファヌルスは確信した。

「差出人」によれば、今回の戦争でファヌルス達の国は、大国相手に対等な戦いぶりを見せ、最終的に同等の条件で和睦する筋書きだという。

これにも、「差出人」が一枚噛んでいるそうだ。流石の手際と言っていい。

ならば、ファヌルスは自分のできることだけに注力すればよい。

だが、この予定は大きく覆り、ファヌルスの国は大敗を喫することとなった。

その理由の一端が、ハンス・スエラーの予想外の活躍であったことは言うまでもない。


ところ変わって、ケンイチ牧場にある従業員食堂の片隅。

長机に着いたケンイチは、難しそうな表情で目を閉じていた。それからゆっくり目を開け、熱い湯気を立てる湯飲みを手に取って口元へ運ぶ。お茶を飲み干すと、カッと目を見開き、重々しく言葉を吐いた。

「全然わかんねぇ」

「ええー!?　かなり噛み砕いて話したつもりですけれども?」

酒瓶を抱えたイッカが露骨に顔を引きつらせる。

先日、キョウジがファヌルスから聞き取った内容を共有するために、比較的常識があるっぽいイッカが、説明役に回ったのである。

小学校低学年の子供に教え諭すほどの丁寧さで、ファヌルスと太陽教会について語ったのだが、それでもケンイチの貧弱なオツムで理解するまでには至らなかったらしい。

いつもならこういった役目を果たすキョウジは、残念ながら今この場にいなかった。

「わかんねぇーもんはわかんねぇーんだよ」

ケンイチはごくごく真剣な表情で、腕を組んでのたまう。

非常に情けない状況であったものの、立ち上る闘神のごとき圧倒的なオーラ故か、妙に威厳のある台詞に聞こえるから不思議である。

おそらくマンガなら、見開きで展開される構図だろう。ついでに、頭上に「ドン！！！」などという文字が躍るかもしれない。

まあ、実際には殺人的な睡魔に襲われ、寝落ちするのを必死に堪えていただけなのだが。

「ていうか、いっつもキョウジ君、どのぐらい分かりやすく説明してるんですのん？」

「んだなぁ。大体、二行ぐらいに、まとめてんじゃねぇーの？」

「すげぇ。某掲示板の『今北産業』を上回ってやがる。えーと、そうなると、ちょっと待ってください？」

イッカは眉間に皺を寄せ、何やら考えるような仕草で額に指を当てた。

数秒後、おもむろに小脇に抱えた酒瓶を持ち上げると、中身を一気に呷る。

「ああー。たまんねぇーな、おい！　というわけで、改めて説明するとですね」

「何でオマエ、今、酒飲んだんだよ」

「いいじゃーないですかぁー。まあ、ほら、あれですよ。この間、ボコったファヌルスってヤツがいたじゃないですか」

ケンイチは僅かの間固まった後、思い出したように頷いた。

おそらく八割がた存在を忘れていたのだろう。ケンイチの記憶力は、牧場とケンカ関係に極振りされている。それ以外のことは、一日も経つとほとんど忘れ去ってしまうのだ。

さっぱりした性格と言えば、聞こえはいいだろうか。

口さがない言い方をするならば、おアホさんなのである。

「ああ。あいつか」

「アイツのバックに、実は太陽教会ってところに所属してるヤツがいたらしいんですよ」

「教会ってなぁ、西洋の寺だろぉ？　なんで坊さんがアイツに手ぇ貸すんだよ」

ケンイチは大きく首を傾げる。どうやらケンイチの中で坊さんは、かなり信頼が置ける人種になっているらしい。この辺は日本の頃から感覚が変わっていないのだろう。

ちなみに、彼らが暮らす街には、司祭と呼ばれる人物はいなかった。一応、教会のような建物はあるのだが、常に無人だったからだ。

元々、そこは土着の神を祀っていたため、教会とは別物だった。日本で言うところの、神社や地蔵堂に近い。そこに太陽教会の看板をかけているのだ。太陽教会は国教なので、建前上、ほかの宗教を崇めるわけにはいかないのである。

もっとも、彼らが住む街はド辺境のド田舎なので、そんなに厳しく言われることはなかった。そもそも取り締まる側の人間も、最初はハンス一人しかいなかったのだ。看板があるだけでも、奇跡的なぐらいである。

「あー、んー。ほら。悪代官ってのがいるぐらいですし。生臭坊主もいるんですよ。時代劇で斬られそうなヤツ」

「あぁー。いるなぁ、そういうヤツ」

時代劇は万能の説明ツールなのかもしれない。幸いにもケンイチは納得したようだ。

「でもですよ。その生臭が一体どこの誰なのか、不明みたいなんですよ。手紙だけでやり取りしていたせいで。おエライ坊さんだってことは、調べがついてるんですけど」

「んなもん、普通、すぐに分かりそうなもんじゃねぇーのかぁ？」

「えーと、ほら。頭巾を被るだけで、正体を隠せたりするじゃないですか。時代劇だと」

「あぁー。そういうもんかぁ」

——時代劇すげぇな。

イッカは心の中で、時代劇を大絶賛した。

それにしても、なんでケンイチはヤンキーなのに、時代劇にたとえると話が通じるのだろうか。

やはり北海道出身だから、そのくらいしか番組がなかったのかもしれない。

自身も鳥取という比較的田舎寄りの土地出身にもかかわらず、心の中でよく知りもしない地方をディスるイッカであった。

もしこれを口に出していたら、大変なことになっていただろう。地方自治体は、まさに生き残りをかけた戦国時代。不用意な一言が、〝戦争〟の引き金になるのだ。

「んでも、その悪役坊主の正体が判明しないと、枕を高くして眠れないじゃないですか」

「ファヌルスのヤロウのこと知ってんだもんなぁ。オレらに目ぇつけてもおかしくねぇーってことかぁ」

ケンイチの言うとおり、ファヌルスの秘密を掴んだ以上、ケンイチ達の存在をどこかで嗅ぎつけてくる恐れはある。

「それとですね。ハンスさんが、この間の浮遊島絡みっぽいことで、王都に呼ばれてるじゃないですか」

「ああ。なんか、んなこと言ってたなぁ」

「それにも、太陽教会が絡んでるっぽいんですよ」

「ああん？　どういうことだぁ？」

彼らが暮らす街の近くで、天変地異が起こったらしいと太陽教会が言い出したという。ファヌルスの背後に太陽教会の誰かがいたのが分かった今、このタイミングは出来すぎているといえる。何かしらの意図があると疑ってかかるべきだ。

それがよからぬ企(くわだ)ての恐れは、かなり大きい。

「それはつまり、連中は浮遊島のことを知ってるって判断ができますからね。なのに、白々(しらじら)しい大義名分なんかを言ってきているわけですから」

「うさんくせぇーなぁ」

納得した様子で頷いてから、ケンイチは改めて顔をしかめて腕を組んだ。

「なんで、相手がどんな陰謀(いんぼう)を企てるつもりなのか調べたいわけですよ。そこで活躍するのが、コウシロウさんの千里眼ですよねぇー」

「ありゃぁ、反則だもんなぁ」

「ですねぇ。障害物も関係なく相手を監視できるスパイ衛星というか、無音で壁をすり抜けられるカメラ付きドローンのセットみたいなもんですから」

分かりにくいたとえだが、まさにそのとおりだった。

何回かのレベルアップを経て、コウシロウの千里眼は、とてつもないものになっている。場所、角度、障害物、明暗(めいあん)、魔力の流れ、それら一切合財(いっさいがっさい)、どんな場所のどんなものでも、おおよその位置さえ掴めれば視認(しにん)できるのだ。

相手が日本人であれば、能力ウィンドウを盗み見ることすらできる。こと視覚において、最強に近い能力を持っていると言っても過言ではないだろう。

「コウシロウさんなら、書類とかも密かに観察できますしね。喋ってれば、空気振動も見られるらしいですし。もう、相手が可哀想になるレベルですよ」

「あの人だけは、敵に回しちゃぁなんねぇーからなぁ。千里眼なくてもだけどよぉ」

「あー。分かる」

女子風の声色で言って、イッカはけたけた笑いながら酒を呷った。頭のネジが四、五本飛んでいる彼らから見ても、どうやらコウシロウは恐ろしい相手のようだ。

「で、今コウシロウさんが太陽教会と、あとハンスさんの国のお偉方に探りを入れてるわけですよ」

「お偉方？　なんで、んなヤツ調べんだよ」

「だってアナタ。考えてみてくださいよ。このタイミングですよ？　ただの呼び出しなわけないじゃないですか。教会のやり口を想像すれば、ハンスさんの国のお偉方にも息のかかったのがいるかもしれないじゃないですか」

件の「差出人」が、隣国との間に交わされていた戦後賠償に関する密約を知っていたのも、それを示唆しているだろう。戦争の勝敗が、事前に決められていたとなると、どちらの国の上層部にも協力者がいる可能性が高い。となれば、今回直接呼び出しに関わった人間が、その太陽教会の協力者だと考えるのが妥当な線だ。

「まあ、要するに悪代官がいるっぽいんだけど、誰が悪代官なのか分からないから調べてる、ってことですね」

「生臭坊主に悪代官かよ。マジで時代劇みてぇーだなぁ、オイ」

「ですねぇー」

イツカの中で、いよいよ「時代劇=ケンイチに物事を説明する万能ツール説」が真実味を帯びてきた。

「まあ、なもんで？　今、コウシロウさんめっちゃ大変みたいですよ。情報集めまくってて。いつもどおり笑顔でしたけど」

「あの笑顔が消えたら、マジやべぇぞ。死体の山ができっかんなぁ」

「ははは、もう、はは」

真顔で言うケンイチの肩を、イツカは笑いながら叩いた。

否定も肯定もしないあたり、イツカの内面が窺える。

「そうそう、キョウジ君も大変みたいですよ。コウシロウさんが集めた情報は、情報分析の専門の人が調べてるんですけどね？　日本人が関わってるなら、自分にも力になれる部分があるかもしれないから、って、ずっと手伝ってるようなんですよ」

「あぁー。アイツ、血走った目してたからなぁ」

敵の素性を調べるのに奔走するのは、キョウジの性癖である。

——保身のためなら死ねます。

最近のキョウジは、そんな台詞を口走りそうな勢いだった。

「実は私も忙しいんですよ？　こう見えて」

「おお、そうなのかぁ？」

「近々、王都の近くにダンジョンを設置することになるかもしれなくってですね」

もし王都への呼び出しが、「差出人」やその息がかかった人物達の思惑なら、ハンスやロックハンマー侯爵は、何らかの罠に嵌められる恐れがある。こちらも対抗措置を取らねばならない。

むしろ事前にそれを察知して先手を打つには、拠点となる場所が必要だ。そういう意味で、イツカのダンジョンはうってつけである。

転移トラップによる移動や、ゴーレムを使った戦力の確保。

立てこもるにしても逃げ込むにしても、これ以上安全な場所はない。

問題は場所をどこにするかだが、王都周辺の森の中ならば、土地の確保も容易いという。魔獣が多く、とても危険な場所だったが、それよりも強い日本人達が沢山居るので、どうとでもなるだろう。

「おめぇーらも大変だなぁ」

「いやぁー。大変ですけどねぇー。ケンイチさんも行くんですよ？　王都」

「ああん？　俺がかぁ？」

「森での土地の確保に、万が一の場合の殴り込み。ケンイチさんの出番でしょ？」

「なるほどなぁ。遠征みてぇーなもんってことかぁ。それなら俺も手伝えるかもなぁ」

遠征というと限りなくヤンキーのアレっぽいが、おおよそ間違いではないので否定はしない。口を挟めば、また面倒な説明をしなければいけないため、イツカはあえて放っておく。

「遠征ってんなら、うちの連中にも気合入れとくかぁ」

ケンイチは、何やら決意した様子で、大きく一つ頷いた。

遠征、連中、気合入れ。

なんとも不穏な響きである。

察するに、ケンイチは配下の魔獣達に、「王都に殴り込みかけっから気合入れろ」、などと言うつもりなのだろう。それを聞いた魔獣達は狂喜乱舞し、下手をしたら王都を焼き払うくらいの盛り上がりを見せるかもしれない。

特に黒星、アースドラゴン、クモ女、吸血鬼の四天王辺りは、意地を張り合って、それはもうエライ事になるはずだ。

先日、イツカは個人的に彼女達のことを調べてみたのだが、どうもこの辺りの神話やら伝説やらに登場する魔獣であるらしかった。一番若いアースドラゴンでさえ、三百歳を超えているそうで、一番上の黒星に至っては五世紀以上生きているという。

魔獣の強さは種族をもとに、年齢に比例すると言われるので、彼女達四匹は伝説的な強さを誇る存在なのだ。

そんな連中が、王都でマジになって暴れるかもしれない。なんとも恐ろしい事態である。

これを察知したイッカは、キッと険しい表情になり、酒を呷ってからケンイチへ向き直った。

「いいんじゃないですかね？」

普通の人間ならば止めるところだろう。だが、残念ながらイッカは、わりとやばいヤツ寄りの酔っ払いだったのである。

後でキョウジが「無理してでもやっぱり自分で説明しに行けばよかった」と絶望するのだが、それはもう少し後のことであった。

4　荷物を運ぶ竜

ハンス達の世界において、人間の生活圏は決して広くはない。その領域を拡大しようにも、障害物が多く存在するからだ。

たとえば植物。

ほんの一、二年で巨木へと成長する樹木すらあり、草の繁殖力は地球の種とは比較にならないほど凄まじい。森を切り開いて土地を開拓しても、一年も放置すれば、あっという間にもとの木阿弥である。それは人間が生活している地域も同じだ。定期的な伐採や草刈りは必須の作業となっている。

魔獣や魔物など、人外の脅威もある。

種族ごとに程度の差こそあれ、危険性はつきまとう。一人で倒せるものから、たった一頭で、数千人規模の軍勢を壊滅させる化け物まで、実に様々な魑魅魍魎が棲息し、あらゆる地域を跳梁跋扈していた。この世界で人間は地上の覇者などではないのだ。

人間が暮らすための土地の確保とは、これらの暴力的な自然界とわたり合い、そこから少しずつ居場所を切り取っていく行為にほかならない。

よしんばそれが、ハンス達の国で最も栄える王都の近くにある森でも事情は変わらなかった。

つまりは、人間の影響力が及ぶ場所ではなく、外観に多少の変化があっても人目につく心配は無用。

――そんなわけで。

王都の近隣の森の中は、イツカのダンジョンを建設するには好条件の場所だったのである。

今まさにケンイチの部下のアースドラゴンは、そこを目指して箱舟のような物体を抱えて快調に空を飛んでいた。風はどこまでも気持ちよく、眼下の景色が流れていく様も清々しい。

思わず荷物を放り出し、全力で飛びたくなったが、ぐっと我慢する。イツカから預かった大事な荷物を輸送している最中だからだ。

箱舟の正体は、船の形状をしたゴーレムの内部に転移トラップを設置した移動式ダンジョンであった。

その名を、「鳥カゴ」という。

何故、それをアースドラゴンが運んでいるのかと言えば、今回設置する予定の場所が、ハンス達の住む街から遠く離れていたからである。

ケンイチの部下達の中でも、アースドラゴンの飛行速度はトップクラスだ。今回は少々急ぎの仕事だったので、アースドラゴンが駆り出されたわけだ。

ロックハンマー侯爵領から広がる街道を横目に、アースドラゴンはまっすぐに飛行していく。

暫くすると、前方に開けた土地が見えてきた。

幾つもの建物と、巨大な城。

遠目にも分かる、人間が作った大きな都市だ。

ハンス達の国の、王都である。

アースドラゴンは何度もこの周辺の空を飛んでいるので、すぐに分かった。

それにしても、デッカイ。

ハンス達が暮らす豆粒のような街とは規模が違う。人口も雲泥（うんでい）の差があるだろう。

アースドラゴンは、今まで人間などに興味はなかったが、ケンイチとの出会いでそれは大きく変わっていた。

いつか王都に行ってみるのも、面白いかもしれない。

元の姿のままでは騒動になるので、そのときは、人間の姿に変じていくとしよう。黒星やクモ女、吸血鬼などと一緒でも賑やかで楽しそうだ。

いや、連中を出し抜いて、ケンイチと二人きりで王都を歩くのはどうだろう。恐ろしく勘が鋭く、抜け目のないあの三匹のことだから、実行は難しいかもしれない。いや、難はあるものの、不可能ではない。

アースドラゴンはほくそ笑む。

しかし、その方法までは思いつかなかった。アースドラゴンは物事を腕力で解決するタイプなのだ。残念ながら頭を使う方面は苦手としていた。

それでなくても、あの三匹は生きてきた年月に見合った老獪さを備えている。四天王の中で最も年若いアースドラゴンが、思考能力で太刀打ちできる相手ではない。

まあ、年齢に関係なく、アースドラゴンが脳筋なだけなのだが。

どうしたものかと思案に暮れていると、妙案が浮かんだ。自分で思いつかないなら、他人の力を利用すればよい。キョウジあたりの知恵を借りれば、いい手を教えてくれるだろう。

そのとき、頭の中に声が響いてきた。レインからの遠話魔法による連絡だ。

「旅程は順調でしょうか？」

「おう！　順調だぜぇ！　邪魔も入んねぇーしなぁ！」

それは当然だろう。好き好んで、巨大なアースドラゴンに戦いを挑む者は、そうはいない。

「何よりです。もう少ししたら、右に転進していただきます。準備してください」

「あいよぉ！　ぼちぼち到着するからよぉ、ほかの連中にも気合入れとけって言っといてくれやぁ！」

「分かりました。伝えておきます」

律儀(りちぎ)なレインの返事に、アースドラゴンは笑い声を上げた。

今回の仕事の本番は、これから設置する予定の「鳥カゴ」を基点にして、新しいダンジョンを作ることだった。

詳しい事情は把握していないが、どうも王都にいる連中が、ハンスや日本人達にケンカを売ったらしいのである。

アースドラゴンの目から見ても、彼らの能力は異常だ。人間のレベルを完全に逸脱(いつだつ)している。そんなハンス達を敵に回そうという相手は、余程力に自信があるのか。あるいは、単なる無鉄砲(むてっぽう)なバカなのか。

どちらにしても、アースドラゴンにとって面白いことになりそうなのは、間違いない。

「そろそろ、右転進です」

再び、レインの声が響く。

レインにアースドラゴンの現在地が分かるのは、コウシロウが千里眼の能力を駆使して教えてくれているためだ。アースドラゴンがきちんと仕事を終えられるように、レインが遠話を使って連携し、必要な場合は進行方向にある障害物などの情報を伝達しているのである。

ここまで万全を期すのは、彼らにとって今回の任務が重要な証拠だろう。

――無事に成功させれば、きっとケンイチも喜ぶ。ついでに、ダンジョンの建築も手伝おう。そうすれば、もっともっと喜ぶはずだ。

「右転進、お願いします」

「おうよぉ!!」

頭に響くレインの声に返事をしながら、アースドラゴンは機嫌よく翼を羽ばたかせた。それから進路を右に曲げ、王都近くにある森を目指す。

森の魔獣など問題ではない。あの辺りの魔獣は、そう強力ではないからだ。おそらくは、アースドラゴンを恐れて出てこないだろう。

魔獣とは往々にして、相手の強さに敏感である。格上の相手に戦いを仕掛けるものは、あまりいないのだ。そのため、アースドラゴンはほとんど、戦いを挑まれた経験がなかった。

アースドラゴンとしては、ケンカ相手は多いに越したことはないのだが。

とはいえ、そういう気合が入った魔獣がいないとも限らない。もしいれば、これは非常に楽しいことになる。

突っかかってきたその魔獣を手っ取り早く倒せば、きっとケンイチも褒めてくれるだろう。上手くすれば、ご褒美をもらえるかもしれない。

今回の件は、まだ始まったばかりだ。

つまり、ここでアースドラゴンが手柄を立てれば、一番手柄になる。

新ダンジョン建設における、一番手柄。

なんともいい響きではないか。

「よっしゃぁ！　喧嘩上等！　誰でもいいからかかってこいやぁ!!」

アースドラゴンは俄然(がぜん)やる気になり、咆哮(ほうこう)を上げた。

上空にいることと、高速で飛んでいるために起きる風圧で、王都の人間の耳には届かない。だが、魔獣の多くは、人間よりも遥(はる)かに優れた聴力を持っている。この咆哮により、多くの魔獣が身を隠してしまう。おかげで誰にも邪魔されることはなかった。


目的地上空へ辿り着いたアースドラゴンは、早速作業を始めた。

大きく息を吸い込み、一度止める。

そして、それを一気に口から吐き出す。

「ブレス」と呼ばれる圧倒的な破壊力がある魔法の一種である。炎や冷気など、様々な種類があるブレスのうち、アースドラゴンが選んだのは衝撃波(しょうげきは)のみを打ち出すタイプであった。

森の真上から放たれたブレスは、綺麗な円形を描くように周囲の木々をなぎ倒し、吹き飛ばしていく。

アースドラゴンは時折首を動かしつつ、ブレスの位置を調整する。

時間にして、数秒。

森の中に、見事な空白地帯が出来上がった。木々の欠片すら残っていない。地面は平らにならされ、土が剥き出しになっている。まるでクレーターだ。

アースドラゴンは眼下を見渡すと、満足そうに鼻を鳴らした。

次いで、再び大きく息を吸い込み、今度は炎のブレスを吐き出す。

地面は火炎放射のような高熱に炙られて、黒く、赤く変色していく。

わざわざこんなことをしているのは、植物の生育を妨げるためだ。いくら成長の早い植物でも、ここまですれば、すぐには芽を出さない。

地面を焼き終え、ほどよく冷えたところで、アースドラゴンはその上に降り立った。念のため、周囲に視線を巡らせるが、やはり魔獣の類は顔を見せないようだ。

アースドラゴンは残念そうに首を振り、抱えていた「鳥カゴ」を地面に下ろした。

すると頭の中に声が響く。レインからの遠話だ。

「鳥カゴの輸送、確認しました。お疲れさまです」

「大したことねぇーよ。邪魔も入らなかったしな。くっそ、一匹や二匹出てくりゃ、叩きのめして手柄にできたのによぉ」

「コウシロウさんが見た限りでは、周囲の魔獣は逃げてしまっているようです」

アースドラゴンは力なく地面に突っ伏した。

「鳥カゴを稼働させます。お気をつけください」

レインに言われて、アースドラゴンは「鳥カゴ」から距離を取った。それから、体を人間に変化させておくことにした。

軽く意識を集中させると、アースドラゴンの岩のような体がバキバキと音を立てて、圧縮され始めた。体の表面は黒い革製品に似た色合いになり、みるみる小さくなっていく。ほどなくして、そこには巨大な竜の姿はなく、黒いライダースーツを纏った女性があらわれた。

気配を察知したのか、「鳥カゴ」の方も、にわかに動き始めた。屋根が中央から真っ二つに開き、前部と後部だけを残して、側面が横倒しに開いていく。地面と水平になるように、箱を分解した形とでも言えばいいだろうか。

内部は空になっており、荷物の類は入っていなかった。ただ、壁面の中央部分には、幾何学模様をあしらった円のようなものが、光を放ちながら緩やかに回転している。

イツカが設置した、転移トラップだ。

しかしそれは突如、急速に回転数を上げていき、ある段階を超えると、一瞬だけ強い光を放った。

次の瞬間、転移トラップの中心に、小さな人影があらわれた。

赤いジャージに、黒いスパッツ。すこぶる元気そうな笑顔。全身から溌剌としたエネルギーを迸らせた強烈なドヤ顔で、何かのヒーローっぽい決めポーズを取っている。

日本人の怪力少女、ミツバである。

「振るう拳が唸りを上げ！　悪を微塵に打ち砕く！　工事に警備も何のその！　でも、事務仕事だけはカンベンなっ！　愛と正義と真実の使者、みっつばーまん!!　ただいま見参っす!!」

その体勢のままチラチラと視線を向けてくるミツバに、アースドラゴンは思わず苦笑を漏らした。パチパチと拍手を送ってやると、ミツバは満足顔で転移トラップから降りてくる。

「お疲れさまっす！　予定よりも早かったっすね！　さっすがアースドラゴンさんっす！　サラマンダーより、ずっと速いっす!!」

「おぅ！　任せとけってぇ！　速さなら自信あっからなぁ！」

アースドラゴンは力瘤を作って見せた。

ミツバが瞳をキラキラさせ、感嘆の声を上げている間に、転移トラップは新たな動きに入っていた。

人間の大人の背丈を優に上回る大柄なゴーレムを、何体も続けて転移させ始めたのだ。

あらわれたゴーレムが歩き出すと、すぐに次のゴーレムが転移されてくる。次々にゴーレムが吐き出されていく様子は、戦慄すべき光景であった。

このゴーレム達は、牧場の地下にあるダンジョンのメンテナンス用だが、新ダンジョンを作るため、ここに送り込まれているのである。

ゴーレムの外見は、人間とあまり変わらない。違う点は、非常に太く、力強そうな手足の形状ぐらいだろうか。土木作業を目的としているので、頑丈さと力強さが重視されているのだ。

作業用のゴーレムの転移が終わると、次はダンジョン内部や周辺の警備に適した戦闘用のゴーレムが転移され始める。大型から小型、大筒を背負っているタイプや指に大きな爪を備えているものなど、どれもこれも実に物騒な外見をしている。

それらのゴーレムの転移がすべて終わった頃、今度は人間の男性があらわれた。

ダブルのスーツとネクタイ。きっちり整えられた髪形に、やや野暮ったい印象を受けるメガネ。背筋はピンと伸びており、ごってりと隈の浮いた、ぎらついた目が印象的だ。

森の中には不似合いな恰好をしたその人物へ、ミツバは嬉しそうに両手をぶんぶん振る。

「おぉーい！　連日の徹夜でやばい感じにキマってる、キョウジさーん！　こっちっすー！」

キョウジはがっくりと肩を落とし、何やらどっと疲れたような顔で歩き始めた。

「別にキマってなんてないよ。ちゃんと寝てるし。自分で回復してるから全然疲れてないし」

「人間は心的ストレスだけでもやつれるっす！　完全にガンギマりな顔してるじゃないっすか!!」

「人聞き悪すぎるでしょう!?」

確かにミツバの言い方はおかしいものの、あながち間違ってもいない。

睡眠は取っているらしいが、キョウジの顔は随分やつれており、普段よりきつい印象になっていた。

とはいえ、生来の突っ込み気質のためか、今しがたのミツバとのやり取りで若干ストレスが発散されたのだろう。心なしか落ち着いてきたようだ。

「いやいや。そんなことより、どうもお疲れさまでした。道中、何事もなかったみたいで、何よりです」

「おお！　まあ、多少なんかあった方が面白かったんだろうけどなぁ」

「そりゃ、アースドラゴンさんにはそうでしょうけど」

少し残念そうなアースドラゴンに、キョウジは苦笑を漏らす。

戦闘が起きれば、「鳥カゴ」を壊されていたかもしれない。それなりに数は揃えてあるが、あれはあれで希少(きしょう)なのだ。簡単に危険な目に遭(あ)ってもらっては困る。

「そういやぁ、何でミツバがこっち来てんだぁ？　キョウジ先生は、ダンジョン設営で現場監督やるとか聞いてたけどよぉ」

「ああ。ハンスさんが、どうせ暇だろうから手伝いでもさせてくれ、って」

アースドラゴンが言うように、もともとはキョウジだけがこの場所に来る予定だった。

イツカが牧場の地下のダンジョンからゴーレムを動かし、キョウジが新しいダンジョンの建設現場で様々な指示を出せば作業は進む。実際には、ゴーレムの視覚を共有するジャビコを通して映し出すだけで指示は可能なので、二人ともダンジョンで待機していても問題はなかった。

だが、ほかならぬキョウジ本人が、それをよしとしなかったのである。自分達の拠点になる場所だから、本当に安全な場所なのか、きちんと現場で確認したい、というわけだ。

「失礼な話っす！　自分には街中を回って、お菓子や食べ物をもらう仕事があるというのに!!」

「ハロウィンじゃないんだからさ」

真顔で言い放つミツバに、キョウジはげんなりとした顔で突っ込みを入れる。

「なるほどなぁ。確かにミツバは暇だろうけどよぉ」

「あ、そうだ。よかったら、アースドラゴンさんにも手伝っていただけませんか？　工事用のゴーレム乗るの、得意でしたよね？」

「ああ？　まあ、それなりになぁ」

キョウジに問われ、アースドラゴンは不思議そうに首を捻（ひね）った。

工事用のゴーレムには、自立型と操縦型の二種類がある。アースドラゴンは時々、人が乗って操作するタイプに乗り込み、牧場の仕事を手伝っているのだ。

今では操縦も上達し、貴重な戦力として牧場で活躍している。

とはいえ、今回のダンジョン建設は、大量の自立型のゴーレムを導入して行われる予定になっていた。そのため、操縦型のゴーレムは不要のはずだった。

そんなアースドラゴンの疑問に気がついたのか、キョウジは笑いながら続けた。

「やっぱり人の手も入れた方がいいってことで、明日からは職人さんや兵士さんにも手伝ってもらうことになったんですよ。その方が早く準備が終わりますし」

自立型のゴーレムだけでは、どうしても作業が粗くなるので、ハンス達の街に住む職人達や、ケンイチの牧場に勤めているゴブリンやオーク達の力も借りることにしたのだ。彼らは、普段から牧場の地下のダンジョンを使用しており、保守整備などはお手の物である。

ロックハンマー侯爵が派遣した兵士達も、ダンジョンに関して随分詳しくなっていた。むしろ、現在のダンジョンの主な使用者は彼らであり、使い方は熟知している。実際、今回のダンジョンの設計などは、彼らの意見が多く取り入れられていた。

「なるほどなぁ。じゃあ、俺も手伝えるかもしれないってわけか」

「はい。ケンイチさんも、このダンジョンができるのを楽しみにしてましたし。アースドラゴンさんが手伝ってるって聞いたら、きっと喜ぶと思いますよ」

「そ、そうか？　そうかぁ！　じゃあ、俺も手伝うかなぁ！　早くできた方がいいもんなぁ！」

にこにこしながら断言するキョウジの言葉に、アースドラゴンはぱっと表情を明るくする。

確かに、ケンイチは王都近くの森を走ったら気持ちいいかもしれない、などと言っていたはずだ。

その拠点となるのが、この場所に建設する予定のダンジョンなのである。

ケンイチが喜ぶ様子を思い浮かべ、アースドラゴンはニヤニヤした。

完成したダンジョンに驚き、自分を褒めるケンイチ。

ついでに背中に乗せて、この辺りを案内するのもいい。普段は黒星の役割だが、こういうときぐらい代わっても文句を言われる筋合いはないはずだ。実にいいアイデアではないか。

「よし！　そうと決まったら早速始めるかぁ！　鳥カゴん中に通話用のトラップ積んでんだろぉ!?　イッカに俺のゴーレム運んでくれって言ってくるぜぇ！」

アースドラゴンは張り切って、大股(おおまた)で歩いて行く。

そんな様子を見送りながら、ミツバは何やら納得した顔で頷いている。実際は、ただ単に首を縦に振っているだけだ。ミツバに人の心を察するような繊細な機能は搭載(とうさい)されていないのである。

キョウジはと言えば、自分で言っておきながら、美女の姿となったアースドラゴンの背中を見つめつつ、何とも暗い笑みを浮かべていた。

「ああ、リア充のケンイチさん爆発しないかなぁ」

「爆発ぐらいで死ぬ玉じゃないっす！」

「知ってる」

キョウジはどっと老(ふ)け込んだような表情で、力なく溜め息を吐くのであった。

5　酒盛りをする女達

この日も、「ケンイチ牧場さわやか地下監獄」では、盛大な酒盛りが催(もよお)されていた。

参加メンバーは、いつもどおり、イッカ、ムツキ、ナナナ。

それから、コウシロウの店で働いているユーナの四人である。

イツカは地下監獄を作ったダンジョンマスターであり、ムツキとナナナは以前に大騒動を起こし、そこに収容されている囚人だ。普通なら、一緒に酒を飲むことなどありえないだろう。

けれども、イツカとムツキは一切そのことを気にする様子もなく、楽しげな雰囲気だった。

ハンスにドヤされそうなものだが、何度注意しても聞かないので、随分前から放置されていたのだ。

マイペースという言葉では片付けられないレベルの自由さである。

まあ、少なくともイツカとムツキの二人は、酒さえ飲ませておけば大人しく言うことを聞く。酒盛りを黙認することで、彼女らを操縦しやすくするという思惑もあった。実際、それで今のところ上手くいっているのだから仕方ないのだろう。

ちなみにナナナは、イツカとムツキに無理やり付き合わされている形だった。同じ監獄に入っているよしみだからと、毎度毎度引きずり回されるのである。

ナナナ自身は高校生なので酒は飲めない。それ故、シラフのまま二人の酔っ払いに絡まれるという苦境（くきょう）に立たされていた。それでも当人はその状況に段々慣れてきており、ある程度、酔っ払いの戯言（ざれごと）を聞き流せるようになってきたのが、せめてもの救いと言える。

ユーナはというと、頻繁（ひんぱん）にこの場に呼ばれて、料理を作っていた。

コウシロウ仕込みの腕前はなかなかのもので、ほかの三人を十分満足させている。

とはいうものの、ユーナにとってはこの酒盛りは、ナナナ同様に、何もメリットがないようにも見える。

だが、イッカとムツキの二人は、どんなに酒が入っても的確に料理の味を評価してくれるため、ユーナは新作料理の披露の場所として、この酒盛りに価値を見出していた。

新作料理は、まずここで試してみて、好評ならコウシロウに試食してもらう、というのが、最近の流れになっているのである。

そんなわけで、この日も定番料理に加え、ユーナの新作料理がテーブルの上に置かれていた。

大きな器にガッツリと盛られた麺料理だ。細い麺の上に濃厚な味の茶色いそぼろがかかっている。

肉と野菜をベースにした香ばしい香りが、堪らなく食欲をそそった。

ユーナは菜箸を器用に使い、麺とそぼろとをしっかり絡めていく。日本で言うところの油ソバに近いだろうか。そぼろから染み出した汁気が麺に浸透してきたところで、取り皿に分けていく。一人前の分量しかなかったが、今日はほかの料理もあるため、それで十分だった。

「どうぞ、召し上がってみてください！」

全員に配り終わったところで、ユーナは緊張した面持ちで言った。

イッカ達三人は「いただきます！」と声を上げると、一斉に麺を啜り始める。

最初に声を上げたのは、ムツキだった。

「んー！　このそぼろ、モツ肉なんですね！　コリコリしてて、いい食感！　お野菜の食感も残ってて、噛んでて楽しいですよ、コレ！」

「ホントだねー。肉味噌みたいな感じなのかと思ったら、けっこうガッツリ歯ごたえがあって、びっくりしたわ。全然嫌な歯ごたえじゃないし。っていうか、心地いい感じ」

ムツキに賛同して、イツカも頷く。

二人の感想を聞いて、ユーナはほっと胸を撫で下ろした。

「最初作ったときは、薄く焼いた生地に包んでみようかと思ってたんです。ただ、どうしても内臓肉の油気が多くって、汁が垂れちゃうんですよ。なら、いっそ麺に絡ませちゃえばどうだろうって思いまして」

「あー、包むのも美味しそうですよねぇー。けっこう万能だと思いますよ、このそぼろみたいの！」

「だねぇ。醤油系かなって思ってたけど、意外とスパイシーだし。ていうか、薄い生地に包むのって、葉物野菜を挟んじゃえばいけそうな気がするけど、だめだったの？」

「あっ、そっか！　試してませんでしたっ！」

イツカの提案に、ユーナは悔しそうに手を打った。忘れないように作り方を何度も呟いている姿は、なかなかに微笑ましい。

ナナナはその肉と野菜を切って混ぜ合わせたものを箸で摘み上げ、しげしげと見回している。

「コレって、タケノコみたいな食感ですよね。でも、野菜本体を見ると、少し茶色い大根のようですけど」

「この世界の野菜って、地球のと似てるようで、けっこう差があるんだよねぇー」

ナナナの言葉に頷きながら、イツカは難しい顔で腕を組んだ。確かにこの世界の植物は、地球と似ているようで、生態が異なるものが多い。外見も成長速度も、相当に違う。

以前、キョウジが「もしかしたら、まったく別の生き物なのかもしれない」などと、熱弁を振るっていたことがあったが、そのときは残念ながら真面目に聞いている人はほとんどいなかった。

「まあ、どうでもいいですよね！　美味しいですし！」

「それな」

あっけらかんとしたムツキの言葉を、イツカがすかさず肯定する。彼女達にしてみれば、それがどんな生き物でもよかった。肝心なのは味であり、酒のつまみになりえるかという点である。

二人はほぼ同時に、酒瓶とコップに手を伸ばした。今日の酒は、柑橘系の果物を原料にしたこの辺りの地酒の一つだ。柑橘を酒に漬け込んだものではなく、それ自体を醸して作ったらしいが、やはり二人とも詳しくは知らなかった。

飲んで美味いか、酔えるのか。

肝はそこなのだ。

イツカが酒瓶を一気に呷り、ムツキはコップに注がれた液体を空にする。

「かーっ!!」

どちらも至極満足そうだ。かなり度数の高い酒なのだが、この二人にはあまり関係ないらしい。

ナナナは唖然とした顔をしている。

「そういえば、王都近くのダンジョンってどうなってるんです？　キョウジ先生がえらく入れ込んでましたけど」

「ああ、それね。診療所の仕事しながら、めちゃめちゃ徹夜しまくってる。あれ、魔法使ってるから大丈夫なんだろうけど、顔色やばいし、そのうち死にそうな気配ぷんぷんよ？」

イツカの返事に、ムツキは「あー」と納得した様子で頷いた。

王都の近くに建設中のダンジョンは、キョウジが直接携（たずさ）わっている。いつもならば、そんな場所にダンジョンを作るなど、キョウジは真っ先に反対しそうなものだ。だが、今回は事情が事情である。

「王都でいろいろ動かなくちゃいけないしねぇー。拠点作りは必要だから」

「ハンスさんとロックハンマー侯爵閣下が、王都に呼び出されてるんですよね？　そうなると完全アウェーですもんね。キョウジ先生、そういうの嫌いですからねー」

地方騎士であるハンスと、領地のほとんどを辺境が占めているロックハンマー侯爵。

王都は両者にとって自分の領域ではない。そんなところに、まったくの無防備な状態で乗り込むのは危険が大きかった。

まして今回は、ファヌルスを手引きした人物が絡んでいるという。それが権力層とも密接な関係を持つ「太陽教会」の重要人物となれば、王都はもはや「敵地」と言っていい。

だからこそ事前の準備は必須だろう。最悪の場合、実戦となれば、活動拠点の優位性が勝敗を決する。

王都近くの新ダンジョンの設計には、ロックハンマー侯爵旗下の兵士達も参加していた。実戦経験豊富で、戦地での防衛施設の建築にも明るい者達である。

キョウジはその中に紛れ、積極的に設計の立案を行った。ケンイチ牧場の地下にあるダンジョンは、かなりの部分がキョウジのアイデアによって作られているため、実績と経験があるのだ。

イツカの能力を使って作るダンジョンに関しては、今や彼女以上に専門家だった。

そんなキョウジは現在、不眠不休で働くゴーレム達に指示を出し、職人や兵士達の食事の用意やら、各部所との連絡やらに追われ、徹夜でダンジョン作りの監督をしている。

「だから、あんな砲兵陣地みたいなダンジョン作ってるんだろうけどねぇー。まあ、今回は相手が相手だもんねぇ」

「そういえば、教会の転生者って、結局、どのくらいエライ人だったんです？」

教会の転生者。

それがファヌルスを支援していた者であり、ハンスが活躍した隣国との戦争を裏で操っていた存在でもあり、今回、王都にハンスとロックハンマー侯爵が呼び出されるきっかけとなった人物だ。

ムツキの質問に、イツカは首を傾げた。

「あれ、ムツキちゃんにまだ話してなかったっけ？　例の黒幕の正体、掴めたのよ。もち、目的とかも」

「マジですか⁉　それ初耳なんですけど！　ナナナちゃん、聞きました⁉」

「え⁉　いえ、私も知らないです」

突然話を振られ、端の方でサラダを突いていたナナナは、びくりと体を跳ね上げる。

いつも周囲を気にせず、マシンガンのように喋っているイツカとムツキだが、時折ナナナにも話を振ってくるので油断できない。

「いやぁー、改めてアレだね。コウシロウさんは敵に回したらダメだと思ったね」

そう前置きをして、イツカは事の次第を話し始めた。

ファヌルスの支援者は、太陽教会の有力者であり、中央大教会に居るらしい。

その一報があった直後。

コウシロウが千里眼で情報を集め、ロックハンマー侯爵旗下にある情報分析専門の兵士達が解析したところ、思いのほか簡単に対象が特定された。

黒幕発見の最大の理由は、情報が豊富だったためだ。

まず、太陽教会内で高位にあり、「影の男」を代表とする教会の「暗部」を動かせる立場にあること。

次に、教会の勢力拡大のためなら、国同士を戦争させる裏工作も辞さず、それを実行可能な権力者であること。

そして、元日本人の転生者であること。

これだけの条件が揃う人物など、二人と居るものではない。千里眼で中央教会内を監視して、消去法で人物を絞り込む。すると発見まで二日とかからなかった。

「結局、教主様だったんだってさ」

「きょうしゅ？　さま？　って、一番偉い人ってことですか⁉」

ムツキが驚くのも無理はない。高い立場にいるどころか、一番上の人物だ。

敵に回したと仮定すれば、これほど厄介な相手はいないだろう。

「え、いや、待ってくださいよ！　その教主様って、端的に言って敵になるんですか？　それとも、仲間になれそうなんですか？」

「あー、まあ、どっちかって言うと、あれよ。敵になるみたい」

「えええー」

苦い顔で言うイツカに、ムツキは嫌そうに顔をしかめる。

ナナナとユーナも、不安げな表情だ。

イツカは酒瓶から酒を呷りながら説明する。

「なんか、けっこうイっちゃってるヤツみたいでね？」

転生者である教主は、太陽教会の利益のためなら手段も選ばない人物らしい。

今回、ハンスとロックハンマー侯爵を王都に呼び出すように仕向けたのは、隣国との間に戦争を起こすためだという。

その方法として、まず太陽教会が握っている情報をもとにハンス達と交渉を行う。

次に、王宮での事情聴取の席で、辺境における異変の正体は隣国からの攻撃であったと報告させる。

そうすれば、ハンス達の国が戦争を始める大義名分が出来上がるのだ。

立太子の式典を間近に控え、正当な王位継承者となる予定の第一王子にとっては、恰好のお披露目の場にもなるだろう。

王位継承者として式典を終え、その勢いで戦を仕掛け、大勝利を収める。これほど、宣伝として効果的なものもあるまい。であれば、戦争を避ける理由はない。

戦争が始まれば、教会は中立を守りつつ莫大な利益を得ることができるのだ。

「ほら、ファヌルスって、私達のこと知ってたじゃん？」

「向こうの千里眼魔法使いの人が、私達について調べてたんでしたよね。で、私達がいるって知ってたとか」

「そうなのよ。ってことはだ。当然、ファヌルスの支援者だったその教主様も、その事実を把握してるわけよ」

ファヌルスは、入手した情報をすべて教主と共有していたという。つまり、教主はケンイチ達日本人について知っていると考えて間違いない。

これはロックハンマー侯爵にとって、非常に厄介な状況だ。

得体の知れぬ化け物のような能力者達を大量に抱えていながら、そのことを一切、王城に報告していなかったのだ。ロックハンマー侯爵を快く思っていない貴族にとっては、恰好の攻撃材料となる。その失脚を狙って、彼らから「反逆の意思あり」、などと言われかねない。

ハンスにとっても事態は同じだ。独自に兵力を集めていたなどと、言いがかりを付けられるだろう。

二人にとっては、命も危うい緊急事態だと言っていい。

「教主様的には、それで王宮に揺さぶりをかけつつ、隣国との戦争に持ち込みたいようね」

ファヌルスという隣国の貴族が、強力な兵力を従えて侵攻してきた。ところが、それをロックハンマー侯爵とハンス達が撃退に成功した。今まで報告をしなかったのは、その裏づけに時間がかかったからだと事情聴取の席で説明させる。そうなれば、まず間違いなく戦争になるだろう。

ムツキは露骨に顔をしかめ、コップの酒に口をつけた。

「なんか嫌な感じですねぇー。で、ハンスさん達は脅されるとして。私達のことは、どうするつもりなんですかね？」

「それね。どうも、ハンスさん達の国の兵器的な扱いにされるみたいよ？」

ハンス達の国に所属する兵士として、戦争の道具にしようと画策しているらしいのだ。ファヌルスの国と同じように、ハンス達の国にも教主の息がかかった人物がいる。その人物のもとに置かれ、強力な生物兵器として管理されるという。

「それってぇー、断ったらぁー？」

「すぱーん！　って感じで殺しちゃうらしいよ？」

「ですよねぇー」

肩を竦めて言うイツカに、ムツキは半笑いを浮かべる。

日本人は味方にすれば実に有用だ。逆に敵に回せば、これ以上厄介な者もいない。自分達の支配下に置けないようなら殺してしまえ、というわけだ。

「もし相手の思惑通りにいったら、ハンスさん達は人質同然でしょうし。私達も、大人しく言うことを聞かないと……、ってことになりますかね？」

「それもあるし。そもそも教主様の誘いを断ったら、太陽教会とハンスさんの国を敵に回すことになるでしょう。流石にそれはねぇ」

「あー。まずいですねぇー」

「八方塞がりじゃないですか」

柄になく真剣な顔で、ムツキが唸った。

与えられた選択肢にはまったくいいものがない。どうやっても最悪の状況になってしまう。

「まあ、向こうの思惑に乗れば、ね？」

ニヤリと笑いながら、イツカは酒瓶から酒を呷る。

「太陽教会が持っている私達の情報は、不完全で曖昧。ですが、私達が掴んでいる太陽教会の情報は、ほぼリアルタイムで正確、ですからね」

ナナナは、自分に言い聞かせるように呟いた。

考えを巡らせているのだろう。険しい表情で、じっと俯いている。

イツカは大きく頷いた。

「っていうか、連中のことはコウシロウさんが監視してるからね。どんな情報を持っているか、何をしようとしてるか、何を考えているかまでお見通しなのよ」

「その日のパンツの色から、寝ぼけて呟いたセリフまで、まる分かりですよねぇー！　うぇへへへ！」

イツカの言葉に、ムツキはにんまりとしながら、不気味な笑い声を上げた。

現在、教主と太陽教会、ハンスの国にいる教主の協力者には、コウシロウが付きっ切りで監視に当たっている。これを出し抜くことは、まず不可能だろう。

「情報面では、こっちが圧倒的に有利ってわけ」

事情聴取は立太子の式典前なので、まだ数ヵ月の時間的余裕がある。どうやら教主は、自分達の策をより強固にするために、その間にこちらの情報をさらに集めるつもりらしい。

「あちらさんは、コウシロウさんの千里眼を過小評価してるみたいだからね。ていうか、ただ単に性能が反則すぎなだけなんだけど」

「まあ、おかげで向こうの動きは筒抜けで、私達は幾らでも準備も対策もできるんですけど。っていうか、今回はどうする予定なんです？」

ムツキは小首を傾げながら、イツカに尋ねる。

イツカは酒で喉を潤し、口元を手で拭う。

「太陽教会の総本山って、けっこう遠いんだけどね？ なんか今回の式典のためって名目で、王都に来るらしいのよ。教主サマが。もちろん、それは建前で。実際にはハンスさん達の事情聴取に立ち会うのが目的らしくてさ」

「何でそんなことを。って、そっか！ 鑑定能力で、ハンスさん達を見るためですねっ⁉」

「いぐざくとりー」

教主の目的は、ムツキの予想したとおりであった。

ファヌルスの証言とコウシロウの調査により、教主の「鑑定能力」はかなり厄介なものだと分かっている。相手が誰で、どんな能力があり、どんなことができるのか。これまで何をしてきて、これから何をしようとしているのか。実に様々な情報を知ることができるのだという。

生まれてから現在に至るまでの経歴はもちろん、どんな主義主張を持っていて、今現在、何を考えているかまで分かるというのだから、恐ろしいことこの上ない。

「相手が要求に応じるかどうか。それを使って、ハンスさん達のことを確認したいんでしょ」

「事情聴取中なら、ゆっくり調べられるでしょうしねぇー」

「そもそも相手は、こっちが教主サマの能力を知らないと思ってるからね。ファヌルスのことも、生きてるとは思ってないみたいだし」

ロックハンマー侯爵は、隣国の王族や限られた一部の貴族のみに、ファヌルスを捕縛しているという機密情報を伝えていた。隣国との交渉を優位に進めるためである。

その情報は、教主のもとへも届いていた。おそらく、「影の男」が情報を収集したのだろう。だが、教主はこれについては信じていないようなのだ。

理由は、ファヌルスには「ニコポ・ナデポ」という能力があるからだ。同じ空間にいて、目を合わせさえすれば、ほとんどの相手を魅了して自分の意のままにできてしまう。彼を倒すには、事前に能力を知り対策を取るか、顔も合わせずに殺すしかない。

教主はハンス達が「ファヌルスの能力を事前に把握している」ことを知らない。まして、対策を取っていたなどとは露ほどにも思っていなかった。

何らかの原因。事故のような形でファヌルスは死んだのだろう。

もし生きているならば、脱出して戦争の続きをしているはずだ。自分を捕らえようとした周りの人間を味方にして。そう、教主は考えているのである。

確かにその考えは、普通の人間達が相手なら正しい。

だが、残念ながらハンスのもとに集まった日本人達は、並の連中ではなかった。教主が不可能と考えている「ファヌルスの捕縛」をやってのけ、情報を引き出すことに成功したのである。

そして教主からしたら、絶対に知りえないはずの己の存在に辿り着き、その野望まで探り当てたのだ。完全に想定外の事態だろう。

そもそもハンス達は、ファヌルスが口にしなければ、「太陽教会の誰かが日本人で、黒幕だ」などとは想像もしなかったのだ。そのことを知らなければ、領地の「異変」に対する適当な「言い訳」だけを用意して、のほほんと王都へ行っていたはずだ。その結果、太陽教会に思わぬ弱みを握られて、いいように利用されていたに違いない。

しかしそうはならず、教主の思惑を知り、先に行動できたのだ。しかも教主は、そのことにまったく気がついていなかった。立場は完全に逆転した、と言ってもよい。

「教主サマは、こちらに正体がばれてるなんて、まったく考えてない。ハンスさん達のことを悠々と確認してから脅しに入ろうと思ってる。つまり教主サマは、事情聴取をする前に王都のどこかに滞在してるはずってなわけ。こっちの手の届く範囲に」

「じゃあ、教主サマが何かやらかす前に、チョメチョメしちゃえばぁー？」

「こっちの勝ち！　っつーわけさ！　向こうはトップダウンの組織だからね。急に教主サマが居なくなれば、大混乱。戦国時代のオサムライと一緒よ」

太陽教会を混乱させてしまえば、プレッシャーを与えてくる相手がいなくなるのだから、事情聴取を乗り切るのは容易だ。ハンスの国にいる教主の協力者が問題だが、こちらに関しては、当初の予定通り「適当にでっち上げた理由」で煙に巻けばいい。

すでにコウシロウが教主の正体を暴き、ありとあらゆる弱みを握っている。太陽教会という後ろ盾を黙らせてしまえば、王都の連中など、どうにでもできるのだ。

「でも、そのためにはきちんとこっちも準備をしなきゃいけないわけよ。拠点作って、お金用意して、物資用意して。現地で活動する人も必要だからね」

「あー。王都だと自由に動き回れないでしょうしねぇー」

王都は、ハンスの実家と同じ「文官貴族」の強い影響下にある。

これに対して、ロックハンマー侯爵は「軍閥貴族」であった。しかも領地が辺境地域なので、王都に行動の足がかりが少ない。だからこそ、活動拠点となるダンジョンの準備を、現在急ピッチで進めているわけだ。

「ファヌルスの後ろには、太陽教会の教主サマがいて。その教主サマが、ハンスさん達と私達を利用しようとしてて。そのことにこっちが気づいてると教主サマは知らない。ドヤ顔キメてる今のうちに準備しちゃって、ドギャーンとぶちかまそう！　ってことですね！」

「ま、大体そんな感じよ。ムツキちゃんの出番もあるだろうから、頑張ってねぇー」

「まぁーかしてくださいよ！　暴れるのは得意ですからっ！」

ムツキはドヤ顔で、力瘤を作るポーズをした。確かに、むやみやたらと暴れるのは、ムツキの十八番だ。テンションの赴（おもむ）くまま魔法をぶっ放し、何にも考えないで行う破壊活動は才能と言っていいだろう。元々、それが原因で投獄されているのだから。

「さっすがムツキちゃん！　頼りになるぅー！」

「えへへっ！　まぁーかせてくださいよぉー！」

「うっしゃー！　こっちのクワダテが上手くいくように、カンパイしちゃいますかぁー！」

「それですっ！　こういうときはお酒で前祝ですよねっ!!」

テンションが上がってきたのだろう。イツカとムツキは、酒瓶とコップでカンパイをすると、その中身を一気に飲み干した。飲む口実はどうでもよくて、とにかく酒が飲みたいだけなのだ。ダメ人間のお手本のような姿である。

ムツキは上機嫌で「ぷっはー！」と息を吐き出した。一応ここは牢獄のはずだが、遠慮は微塵も感じられない。

「しっかし、今回は都会に行くのかぁー。なんか大変だよねぇー」

イツカは感慨深げに言って、新しい酒瓶に手をかけた。ド辺境にあるハンスの住む街から見れば、王都はまさに大都会だ。

「ユーナちゃんって、王都行ったことある？」

ここに居る四人のうち、生まれも育ちもこの世界なのは、ユーナだけだ。だから、もしかしたらと思って、イツカが質問してみたのだった。

ユーナは「まさか」という顔で、首を横に振る。

「生まれてから一度も、この辺りを離れたことなんてありませんよ！　自分の村以外では、近くの村とか、お店のある街に行ったことがあるぐらいです」

「魔獣とかがいるんですし、それが普通なんですかね？」

ユーナの答えを聞いて、ムツキは腕を組んだ。

村や街から離れた土地への移動は、辺鄙(へんぴ)な場所を歩かなければならない。人里から離れた領域には、魔獣が出没(しゅつぼつ)する恐れが大きいのだ。まして辺境から王都へ行くとなると、相当に危険な道のりが待っている。護衛を雇(やと)えば進めなくもないが、料金は安くない。

ユーナはただの一般庶民であり、そこまでして王都に行く理由など、今まで一度もなかった。

「ここは地球とかなり環境違うからねぇ。四天王ちゃん達みたいなのが、敵として出てくるっていうんだから。そりゃ遠出(とおで)なんてしようと思わないよねぇ」

イツカに言われ、ムツキは納得したように頷いた。

「そっかぁ。あの人達みたいなごっつい魔獣もいるんですもんねぇ。よっぽどの理由がないと、安全なところからは離れたくないのは、当然ですよねぇ」

「お外は危ないからね。日本なら夜に女性一人でだって出歩けるけど。この辺じゃ、そうはいかないやね」

イツカの発言に、ムツキは同意しようとして、ぴたりと動きを止めた。何か気になることでもあったのか、真剣な面持ちをしている。

こういうときのムツキは、十割十分、ろくなことを考えていない。それは分かっているものの、イツカは特にそれを止めることはない。イツカはどちらかと言うと、暴走する人を横で見てゲラゲラ笑っているタイプだった。だからこそ、このコンビは質が悪いのだ。

「いやいや、なに言ってるんですか。イツカさんの住んでたところだって、夜中なんて出歩けないじゃないですか」

「ほう？　その心は？」

「イツカさん、鳥取でしたよね？　砂漠って夜、もの凄く冷えるらしいじゃないですか。遭難とかも気をつけないとですし！」

イツカの出身は、鳥取である。

そこでムツキが思い浮かべるのは、日本三大砂丘の一つに数えられる、鳥取を代表する観光地――鳥取砂丘であった。鳥取と言えば砂丘。イツカの認識は、そんな程度である。というか、それ以外思いつかなかった。

ムツキの言い様に、イツカはガクッと肩を落とす。引きつった笑みを浮かべながら、気を取り直して酒瓶を呷る。

「いやいや。鳥取砂丘は砂漠じゃないし。っていうか、砂漠があるのは東京だから」

日本で砂漠と認定されているのは、東京都の伊豆大島にある、裏砂漠のみであった。そもそも砂漠とは、年間を通して雨量の少ない荒地のことだ。鳥取砂丘は、風や水などによって運ばれた砂が堆積してできた、「砂丘」と呼ばれる地形なのである。

だが、ムツキにはそれよりもさらに気になることがあったらしい。

「えっ⁉　鳥取って、全部砂丘なんじゃないんですかっ⁉」

「おおっと？　戦争かなコノヤロウ。ちげぇっつの！　鳥取には、ほかにもいいところがいっぱいあるからね⁉　鳥取東照宮とか！」

鳥取東照宮とは、鳥取藩の初代藩主、池田光仲が造営したものだ。東照大権現を主神として奉る、由緒正しい神社である。だが、ムツキはまったくその存在を知らないようだった。

「またまたぁー！　東照宮があるのは日光ですよ？」

「鳥取にもあるんだよっ！　東照宮！　ていうか何もないって意味では埼玉には負けるわぁー！」

「はぁー⁉　鉄道博物館とか、あけぼの子どもの森公園とか、めちゃめちゃ沢山あるんですけどおー‼」

ダ埼玉、などと揶揄されることもある埼玉県だが、素晴らしい観光名所が数多く存在している。ただ、どうしても近くに東京都というモンスターがいるため、目立ちにくいだけなのだ。

「聞いたことないわぁー！　初めて聞いたわぁー！」

「有名ですぅー！　イツカさんが聞いたことないだけですぅー！」

本題からずれたところで、二人は一気にヒートアップした。どうやらどちらも、地元愛に溢れているタイプらしい。

ユーナはそんな二人の様子を不思議そうに見て、隣に居るナナナの腕を突いた。

「トットリとサイタマって、お二人の出身の村の名前なんですか？」

「いえ。村というか、もっと大きなくくりです。ええっと、そうだな。領地、みたいなものでしょうか。なになに伯爵領(はくしゃくりょう)、とか、なになに男爵領(だんしゃくりょう)、みたいな。ユーナさんの場合は、ロックハンマー侯爵領、ですよね」

「あー！　なるほど！」

ナナナの説明を聞いて、ユーナは納得した表情で手を叩いた。どうやら、彼女にとっては分かりやすいたとえだったらしい。

最近になって、ユーナは少しだけ自分の暮らす国について詳しくなっていた。ケンイチ牧場で開かれている、教室に通うようになったからだ。

キョウジがゴブリンやオーク達を相手に、計算や読み書きなどを教えていたのが、その教室の始まりだった。今ではキョウジ以外にも、ロックハンマー侯爵旗下の文官などが授業を行ったりもしている。受講者は、主にケンイチ牧場の従業員達だ。それに加えて、知識を欲する街の住人が幾人か。

ユーナも、その中の一人である。

そんなユーナの声に反応したのか、イッカとムツキはキッと鋭い視線を投げかけてきた。思わず体を跳ね上げるナナナとユーナに向かって、イッカとムツキは間合いを詰める。ナナナは体を仰(の)け反(ぞ)らせるが、まったく構わず詰め寄っていく。

「そういえば、ナナナちゃんの出身地って聞いたことなかったですね！　私、気になります！」

「私も知らないなぁ」

キョウジやハンスなどは、しっかりとナナナの出身地を把握している。二人がそれを知らなかったのは、これまでほとんど興味がなかったからだ。ナナナは二人からのプレッシャーに若干表情を引きつらせながら、問いに答えた。

「ええっと、神戸です」

「出ましたよっ!! 神戸っ!! 名古屋といい、横浜といいっ！」

「今の流れは県でしょうがっ！ 県っ!! どう考えても県名を答える流れでしょうっ！ なによ、神戸って！ 市じゃん！ 市！」

どうやら二人は、ナナナの答えが相当気に入らなかったようだ。異様なほどのオーバーリアクションで、全身を使って嫌悪感を表している。

「兵庫県ですよ！ 神戸はっ！ 兵庫県！ 日本海と瀬戸内海に面してる！」

「神戸ってマジそういうところあるからね！ 姫路と宝塚も！ そういうの真隣にいるとよく見えちゃうわけよ!!」

兵庫県と鳥取県は、隣接した県である。だからこそ、鳥取県民であるイツカには何か思うところがあるらしい。

ナナナは焦った様子で、口を開く。

「いえ、でも兵庫って県自体の名前はあんまりメジャーじゃないっていうかっ！ 結局、もう一回どこだっけって聞かれて、新幹線だと新大阪の次の駅ですって説明することが多くってっ！」

「あー。それは、あー」

「言わんとすることは分かりますね」

ナナナの言葉に、イツカとムツキは大仰に頷いた。

ほっと、ナナナは胸を撫で下ろす。だが、どうやらそれはフェイントだったようだ。

「って、言うと思ってるんですかぁー!!」

「どうせ神戸って言えば、おしゃれだとか思ってんだろうがー!!」

「そんなことないですーっ!」

イツカとムツキは、巧みな連携プレイでナナナに襲い掛かった。無駄に胸などを揉んでいるのは、単なる趣味だろう。

ぎゃぁぎゃぁと暴れ回る三人を前にしても、ユーナは冷静を保っている。単に毎度のことなので、もう慣れただけだ。

ユーナは暴れている三人を横目に、それぞれが口にしていた土地へと思いを馳せていた。

「トットリに、サイタマに、コーベかぁー。どんなとこなのかなぁ。今度キョウジ先生に聞いてみよっと」

楽しげに、ユーナは想像を巡らせる。

酔っ払い二人に襲われる少女と、その隣で微笑んでいる少女。

何とも言い難い絵図だが、この牢獄では度々繰り広げられる光景でもある。

こうして結局、この騒ぎは、夜遅くまで続くのであった。

王都近くの新ダンジョン完成の報せが牢獄に届けられたのは、この五日後のことである。

6　太陽教会の男

キョウジは、内容を読み上げていた書類の束を机に置き、疲れたような溜め息を吐いた。

目の前のハンスも、キョウジと似た表情で腕を組んでいる。二人以外には、レイン、コウシロウ、イッカが居た。レインはいつもの無表情。コウシロウはにこにことした笑顔で、イッカは酒を飲んでいる。

彼らは、コウシロウの店の二階にある個室に集まり、太陽教会の教主についてこれまで調べた情報の擦り合わせと、慰労を兼ねた食事会を開いていた。

テーブルには、コウシロウとユーナが用意した食べ物が並んでいる。

「まあ、なんていうか。浮遊島は力業で何とかしたし、教主の情報も思惑も、がっちり掴んでいるんですけどね」

その書類の束——報告書には、教主の不遇だった前世から、異世界に転生して太陽教会の教主になり、現在に至るまでの人生の記憶が連綿と書き込まれていた。

アニオタで、人間関係に恵まれず、ブラック企業に就職し、疲労困憊の末、不慮の事故死を遂げた日本での生活。

ハンス達の暮らす世界に生まれ変わった後は、前世の記憶を頼りに農業改革や便利な道具の発明などに精を出したものの、ことごとく失敗。貧しかった家庭の両親に肉体労働者として鉱山へ売られ、奴隷のような日々を過ごしていた。

そんな前世よりも過酷な前半期から、いかに教主が太陽教会の司祭に抜擢され、どのようにその組織の頂点へ上りつめていったのか。

そこで特筆すべきは、「鑑定」という教主の特殊能力に関してである。それは、自分が目にした相手の記憶や能力を、あたかも履歴書のように知ることができるという能力だった。教主はこの能力を利用して、己の意のままに動く優秀な人材を集め育成しながら、太陽教会における今の地位と名誉を築き上げていったのだという。

さらに教主は、自分のステータス画面に肉体的な異常が見られた場合、これを「治療」できるという能力に、いつしか気づいた。それは、人間であるならば、誰もが直面する老化現象にすら効果を発揮した。その能力を駆使して、教主はこれまで、幾度となく自分の老いを治療してきたらしい。

そうすることで「若返り」、別人として人生を繰り返してきたのだ。

三度、四度、五度、六度と……、数百年の時を過ごしてきた教主にとって、もはや何度「若返り」を繰り返してきたのか、正確には分からないほどである。

　こうして教主は、これまでの人生を取り戻すかのように、太陽教会を巨大化させることに情熱を注ぎ、自らの欲望の赴くまま、望むものすべてを手に入れていった。

　教主にとって、今や太陽教会は、恩義のある組織であり、自らが肯定される唯一の居場所であり、己が希求するあらゆるものの原点、と言ってもよかった。自分は太陽教会の一部であり、太陽教会は自分のすべて。そう考える教主が、太陽教会の影響力を強め、世界でもより大きな力を持つことを望むのは、当然の帰結だったのだ。

　イッカは酒瓶を呷ると、キョウジの前に置かれた書類束をまじまじと見て口を開いた。

「酷い話だよね。ていうかそれって、教主サマが自分で自分を鑑定した結果を、コウシロウさんが千里眼で盗み見て目コピしたんでしょ？」

「はい。どうも教主は、一日に一度、朝起きたときに自分のことを鑑定するのを日課にしてるようですからね。体調管理とか、いろいろ兼ねてるみたいですけど」

　キョウジの言葉通り、鑑定を習慣化すれば病気などの状態はすぐに分かる。これ以上の体調管理法もないだろう。

「多分、自分の出自とか、そういうのを確かめる意味もあるんだと思いますよ。なんていうか、自分を保つため、っていうか。精神安定のためのルーティンっていうか」

　何度も人生を巻き戻しているせいで、自分の中に確立したもの、いわゆるアイデンティティーを保持しづらくなっており、定期的な自己確認が必要らしいのだ。

「へぇー。ご苦労なこったねぇ。ていうか、思ったんだけどさ。この鑑定って、自分が今、監視されてる、っていうのは分からないの？　その、監視されてる状態です、っていう鑑定結果が出るとか」

その物体が、どんな状態なのか判別できるのが「鑑定」なら、そういったことも察知可能なのではないか。イッカは、そう思いついたらしい。

だが、キョウジは大したリアクションもなく、首を横に振る。

「それなら、心配いらないみたいですよ。肉眼で監視されてるのも、千里眼で観察されるのも、鑑定では分からないようですし」

「ほう。その心は？」

「監視対策に人員と予算を割きまくってるから。……ですかね」

教主本人が他人を盗み見ているからなのだろう。とにかく、監視や盗聴盗撮に対して、異様なほど警戒しているらしい。もし「鑑定」で誰かにこっそり見られていることが分かるのなら、それほどまで気を遣わないはずだ。

「あと、教主自身が自分でチェックしてる『できないことリスト』に載ってるんですよ。それも」

「なにそのリスト。こわい」

「いや、怖くはないですけど。教主自身が、自分の能力で不可能なことをノートに書き出してるんですよ。その中に、そんな記述があったんです」

どうも教主は一種のメモ魔であるらしかった。些細なことでもメモをして、残しておこうとするタイプのようだ。

「監視されているのが分かった上で、そのノートごと罠だって恐れは？　ホントは鑑定でコウシロウさんの千里眼にも気がついてる、とか」

「何日も何日も監視し続けている中で、そんな素振りはありませんでした。鑑定の結果を盗み見られているにもかかわらず、そんなことができる相手なら、諦めるしかありませんよ」

肩を竦めるキョウジに、イツカは納得した様子で頷いた。キョウジの疑り深さとしつこさは、イツカも熟知している。そのキョウジが言うのだから、大丈夫なのだろう。

「大体、コウシロウさんが監視してるんですよ？　それも、何日も何日も時間をかけて。ごまかせるヤツなんていると思います？」

キョウジの言葉に、イツカはまじまじとコウシロウを見据える。にこにことした笑顔のコウシロウは、丁度大皿から料理を取り分けているところであった。いかにも落ち着いた風貌だが、その恐ろしさは、イツカも身に沁みて体験していた。

イツカが作った最初のダンジョンを攻略する際、コウシロウはまだ試作段階の拳銃を使って、巨大な石の塊であるゴーレムをいとも容易く粉砕してのけたのだ。いくら大口径であったとはいえ、並の人間の戦闘力ではない。もはやアクション映画のヒーローなどに限りなく近いと言ってよいだろう。

そんなコウシロウは最近、イツカが作った鋼鉄製のゴーレムを相手に模擬戦闘をしているのだが、これにさえ、拳銃二丁だけで戦い、勝ってしまう。もちろん手加減などしていない。半ば殺す気でけしかけた複数のゴーレムでさえ、ものの数分でスクラップにしてしまうのである。

一体どんな人生を送ってきたら、そんな技術が身につくのか。カタギでないことは間違いないだろう。どこかの特殊部隊とか、スパイ組織とか。そういったモノに所属していた過去があったとしても、不思議ではない。

むしろまったく無関係と言われても、信じられないだろう。

イツカはおもむろにコウシロウから視線を外すと、大仰に頷いた。

「そっか。コウシロウさんだもんね」

キョウジも神妙な顔で首肯する。

そんな二人を見て、コウシロウは苦笑いを漏らした。

「ところで、教主サマが滞在する場所って、決まったんです？」

イツカの質問に、ハンスは組んでいた腕を解き、近くに置いてあった王都の地図を広げた。その地図は、コウシロウが千里眼を使って最新の状況を確認しながら描き起こしたものだ。精度もかなり高い。

「王都の市街地の外れ。民家も倉庫も建っていない辺りに、太陽教会の大きな建物があってな。この国における、太陽教会の拠点なんだが。まず間違いなく、ここだろうな」

ハンスが地図上で指したのは、王都から少し離れた森と草原の間であった。そこには高い塀で囲まれた建物がある。敷地は広く、建物自体もかなり大きいらしい。

「本来、王都の中心地から離れたこの辺りは危険なんだが、太陽教会は独自の兵力を持っていてな。自分達で警備をしている。国に過度に干渉されるのを嫌っているのだろうと思っていたが、いろいろと事情を知るとなぁ」

「妙なことしても、ばれないように、ちょっと離れたところで悪さしてる。としか見えないですねぇ」

「後ろ暗いところだらけだろうからな」

イツカの率直な感想に、ハンスは溜め息交じりに首を振った。

「まあ、襲う方としてはやりやすいですけどね」

キョウジは、あっけらかんとした顔で物騒なことを言い放つ。普段なら一番荒事を嫌うはずのキョウジだが、すでに吹っ切れているみたいだ。

「そうそう。皆さんが王都のダンジョンに来るのって、三日後でしたっけ？」

ふと思い出したように、キョウジは手を叩いた。

すでに王都での拠点となるダンジョンは完成している。だが、ハンス、レイン、イツカ、コウシロウの四人とも、その場所に入ったことはなかったのだ。一応ゴーレムの目を通したモニター越しに見ていたとはいえ、暫くは活動の拠点になる場所だ。実際に内部を把握しておく必要があった。

そのため、どうせなら皆一緒に説明してしまおうと、ここにいる四人のほかに、ケンイチも含めて、現地視察会を行う予定になっているのだ。案内役は、設計から施工まですべての過程に立ち会っている、キョウジである。

「その予定だけど。ハンスさんも、初めて行くんでしたっけ?」

イツカの問いに、ハンスは首を横に振る。

「いや、行くだけ行ったんだが。内部は見ていないな。レインもそうだったな」

「はい。ハンス様に同行した以外には、私もそちらには行っていませんので」

レインはハンスの質問に素早く反応した。ハンスの横顔に見とれていたものの、うっかり遅れることはない。普段の訓練の賜物である。

「まあ、ダンジョンと言っても、ただの活動拠点ですからね。設計資料も皆さん見ていますし、そんなに説明するところもないんですが」

キョウジは苦笑しながら、頭を掻いた。

確かに今回作ったのは、戦うための施設ではない。もっともそれを言えば、ケンイチ牧場の地下にあるものもそうなのだが。

「ミツバちゃんは、もう暫くあっちで生活してるんだっけ?」

「ええ。建設工事から手伝ってもらってます」

イツカの言うとおり、ミツバは王都のダンジョンに寝泊まりしていた。すでに拠点として稼動していることもあり、万が一の事態に備えた戦力ということで温存されているのだ。若干、過剰戦力な感は否めないが安心感はあるだろう。

「まあ、その辺は必要経費ですかね」

「食費が大変そうだねぇ。ミツバちゃん、メッチャ食うし」

ミツバは尋常ではない戦力だが、同時に食欲もハンパではなかった。人の十倍二十倍は当たり前に食べるのだ。まあ、兵器の維持費のようなものとして妥協するしかないだろう。

「しっかし、教主サマもアレだよね。まさか浮遊島がほぼほぼ力尽くで落とされたなんて思ってないだろうね」

「予想はするかもしれんが。普通はありえないと考えるだろうな」

ハンスは苦い顔で言う。

多少、様々な方法を用いはしたが、戦いの全容はイツカの言うとおりだった。本来、ファヌルス達は真正面から迎えて撃退できる相手ではなかったはずなのだ。教主としても、まさかそんなことをする連中が相手だとは夢にも思っていまい。

「いいことですよ。油断してもらいましょう。その方がやりやすいですし。もちろん、向こうも隠し玉があるでしょうけど。それでも必ず勝たなきゃいけませんから、どんな手でも使いますよ」

キョウジは据わった目で、ニヤリと口の端を吊り上げた。

いつになく不穏な気配に、イッカは思わずたじろぐ。

話題を変えようと、ハンスがほかの話を口にした。

「そういえば、今日ケンイチは走りに行っているんだったか？」

この日、ケンイチは先約があり不参加になっていた。部下達と森の中を暴走する予定を入れていたのだ。一応「魔獣使い」であるケンイチにとって、舎弟分である彼らとのそういった行事は大切なものらしい。

キョウジは「はい」と返事をする。

「狼とかトカゲとか、それぞれの群れの長をしている魔獣さん達が力をつけてきたそうで。いろいろな魔法を使えるようになった、そのお祝いだそうですよ」

ケンイチには、群れが丸ごと部下になっているものも多かった。そういった各群れのトップは、元々かなりの力を持っていたのだが、最近になって、さらに力をつけてきたらしい。それを祝うのは、ヘッドとしての大切な仕事なのだろう。

だが傍から見ているハンスとしては、祝えばいいのか危ぶめばいいのか、微妙な立場だ。

「それは……。なんと言うか。よかった、のか？」

「じゃないですかね。今回のことでも、魔獣さん達には活躍してもらうでしょうし」

魔獣達は戦力として見ればかなりのものだ。それが強くなったのだから、一応は祝っても問題ないだろう。なのだが、キョウジは表情を暗い笑顔へと変える。

「狼さんとか、熊さんとか、トカゲさんとか。皆、魔法が上手くなって、変化系統も扱えるようになったらしいんですよ。それが、実は皆さん、女性だったみたいでしてね？　そりゃもう、沢山の女性に囲まれて、まるでハーレム状態でしたよ。いえ、まあ、ケンイチさんですからね？　あの人、シャレや冗談抜きでそういうのにまったく興味ない人ですから、無反応だったんですけど。それがまたなんかこう、腹が立つっていうかなんて言うか。ふふふ」

キョウジはぶつぶつと呟きながら、不気味な笑みを浮かべた。

イツカは、スス－ッとキョウジから離れ、ハンスの耳元に口を近づける。

「これ、気絶でもさせて、眠らせた方がいいんじゃありません？　最近寝てないから、やばい感じにキマっちゃってるんですよ」

ダンジョンの建設にかかりきりで、キョウジは全身に疲労感を漂わせていた。治療魔法で自分を回復しているため、肉体的な面での心配はない。だが、心の疲労は取り除けず蓄積(ちくせき)しているという。

それ故、時折こんなふうに、変なスイッチが入ってしまうのである。

まあ、以前からそんな性格的な傾向もあったわけだが。

イツカの提案を真面目に検討しつつ、ハンスは唸り声を上げる。

そんなハンスの横に、レインがそっと近づいた。

「後で私が眠らせておきます」

やることは確定らしい。

すぐに止めようとしたハンスだったが、はたと思い直す。その対象であるキョウジが、凄まじく微細な動きで、怪しく小刻みな貧乏ゆすりを始めたからだ。

「まあ、ほどほどにな」

この数時間後。

キョウジは久しぶりの、熟睡をすることになったのであった。

7　ダンジョンを案内する男

王都近くの新たな活動拠点。通称「王都ダンジョン」は、人目を避ける目的で地下に作られた。

王都は文官貴族の勢力圏であり、ハンスやロックハンマー侯爵などの軍閥貴族にとっては、いわば敵地と言ってもよい場所だったからだ。

そんな場所で太陽教会に関する情報収集をしたり、いざというときの戦力を確保したりするための前線基地は必須と言えた。

その王都ダンジョンの一角。転移トラップが設置された「転移トラップ広場」に、ハンス、レイン、ケンイチ、コウシロウ、イツカの五人の姿があった。

彼らは王都で活動することになっているため、拠点となる王都ダンジョンがどんな場所なのか把握しておく必要があり、この日、初めてそこを訪れていた。

イッカは、ゴーレムの目を通して毎日のように見ていたのだが、それでも自分の目で実際に確認するのとでは違いがあるのだろう。物珍しげに周りを見回している。

「はぁー。なんか転移トラップ広場もアレだねぇ。牧場の地下のヤツとは違う感じがするわ」

イッカの言うように、その雰囲気は飾り気がなく殺風景だった。まさしく実用一辺倒で遊びがない。それは、この転移トラップ広場だけではなく、王都ダンジョン全体に言えることであった。突貫工事で作ったために、手間を惜しんだというわけではない。作らせた人間の気性が出ている、とでも言えばいいのだろうか。

「キョウジが現場監督してたんだろぉ？　なら、こうなるだろうよぉ」

ケンイチの言葉に、イッカは意外そうに眉を上げた。

視線を向けてくるイッカに対して、ケンイチは肩を竦めて見せる。

「アイツ、余裕ねぇーからよぉ。ワリぃーとこでもあり、いいところでもありっつーとこだなぁ」

「あれ？　いいところ、なんですのん？」

「何でもかんでも、でぇーん、と構えてりゃぁいいってもんじゃぁねぇーだろうがよ。アイツの性格のオカゲで助かったことなんざぁ、一度や二度じゃねぇーだろうが」

警戒心が強く、常に何かに怯えている。それがキョウジの性格だ。短所のようにも聞こえるが、だからこそ、未然に防げた危険は少なくない。

やたらと凝った機能付きのゴーレムや、コウシロウにあてがわれている銃火器などは、ほとんどがそこから生まれたものと言っていい。実際にそれらが活躍しているのだから、確かにキョウジの性格を一概に否定はできない。

会話を聞いていたハンスが、ケンイチの物言いに同意しつつも、「しかし」と言葉を続けた。

「それにしても、殺風景すぎないか？」

「もう少し洒落っ気を覚えると、女性にモテるようになるのかもしれませんね」

「あら。言いますねぇー」

レインの物言いに、イツカが声を上げて笑う。こんな場所でまで酒瓶を小脇に抱えているのは、イツカらしいところだ。

そんな話をしていると、ばたばたと少し慌てた様子でキョウジが走って来た。

「すみません！　お出迎えしようと思ってたんですけど、ちょっと作業が立て込んでまして」

頭を掻きながら苦笑する話題の主に、全員の視線が集まった。その視線は思いのほか強かったらしく、キョウジはたじろぐように体を仰け反らせた。

「え？　なんです？」

「いや、別に」

ビクつくキョウジの様子を見て、イツカはにんまりと笑いながら言った。

王都ダンジョンは、言ってみれば作戦司令室や住居施設など、様々な機能を兼ね備えた建築物だ。防衛戦力は用意してあるが、一般的にダンジョンと言って想像されるような、侵入者を内部に引き込んで倒す、といった仕掛けは施されていない。あくまで、イツカのダンジョン製作能力を使って作られた施設だ。

内部にある集積施設には、食料や武器などの物資に加え、王都ダンジョンの主力であるゴーレム達が並んでいる。

作戦司令室には、王都に入り込んだ密偵達が持ち帰った情報が収集されていた。この場所は、ロックハンマー侯爵の領主館と、映像と音声で常時繋がっている。ゴーレムの目を通した映像と、音声を届けるトラップを使ったものだ。地球で言えば、テレビ電話が近いだろう。

それ以外にも、作戦司令室内にはイツカのトラップを使った、様々な最新機器があった。

キーボード、空中に浮くモニター、プリンター。

さらには、キョウジがイツカに試作させた品々が幾つも配置されていた。まだまだ足りないものもあるが、ここに広がる光景は、地球で言う軍隊の設備に近いかもしれない。少なくとも、この世界にある既存(きそん)のものとは、まったく違う光景だった。

住居施設には、「ケンイチ牧場さわやか地下監獄」で培(つちか)われた技術が、惜しげもなくつぎ込まれていた。人を閉じ込めておくためのノウハウではない。快適な生活を送るのに必要なそれである。

一体何で、牢獄でそんな技術が？　と疑問が湧きそうだが、それはダンジョンマスターであるイツカの仕業にほかならない。イツカは自分が快適に酒を飲む空間を作るために、ありとあらゆる労力を割いたのだ。普段は言われるまで働かないイツカであったが、ここについては自ら進んであれこれ創意工夫していた。ぶっちゃけた話、ムツキとナナが閉じ込められている牢獄は、ケンイチ牧場の中で、一番居心地のいい空間となっているのだ。

そんな住居施設の中の一角。人員が寝泊まりするための一室に案内されたハンス達は、その内部を見て感嘆していた。そこは、軍施設にありがちな多段ベッドの詰め込まれたタコ部屋ではなかった。

清潔なベッドが一つに、テーブルと椅子。ハンスの感覚では、一般的な砦なら上級仕官クラス用のかなり贅沢な部屋の作りと言える。

この住居施設には、これと同じ部屋の扉が、ずらりと並んでいた。

「風呂なしのビジネスホテルみてぇーだなぁ」

「まあ、確かにそんな感じですが」

ケンイチの漏らした感想を、キョウジは苦笑しながら肯定する。

部屋はそれよりもずっと簡素だし、風呂もトイレもないのだが、おおよそのイメージとしては近かった。

「なんか軍人さんの部屋っつぅーと、二段ベッドとかのイメージあんだけどよぉ。一人部屋ってなぁ、ワリと豪華なんだなぁ」

「このダンジョンは、別に砦ではありませんからね。そんなに人がいないので、広くスペースが使えるんですよ」

普通の砦であれば、数十人、数百人の人間が寝泊まりする。しかし、ここはあくまで情報処理や作戦指揮、支援などをする場所だ。住み込みや、常駐(じょうちゅう)する人間はほとんどいない。戦闘要員が必要となれば、転移トラップを使って、牧場やロックハンマー侯爵の領主館から連れてくることもできる。

ハンスは何やら考えるような表情で、顎(あご)に手をやった。

「ケンイチが言うようなのは、一般の兵士が寝泊まりする部屋だな。あれは場所の節約以外にも意味があるんだぞ」

「そうなんスかぁ？」

「ああ。兵士同士の連帯感を持たせたり、仲間意識を養ったりな。俺も訓練兵時代は、そういうところに詰め込まれたものだよ。大変な思いもしたが、そうやってできた仲間との縁は切れないもんさ」

「ハンスさんが一般兵士っすか？」

「想像つかないわぁ」

ぎょっとした顔で呟くケンイチの横で、イツカが半笑いを浮かべる。

二人とも、ハンスの強さをよく知っていた。こんな腕利(うでき)きが一般兵士としてごろごろいる軍隊があれば、エラいコトになるだろう。

「それ以外にも、敵襲があったときに全員を素早く起こしやすい、といった利点もあるんだが。まあ、ここは敵に襲われても一般兵の出番はないだろうからな」

「はい。ここの戦力は、主にゴーレムが担っていますから」

王都ダンジョンは、そもそも外から発見されないことに重点を置いて作られている。

内部は頑丈な建物になっているが、地上部分は普通の地面と変わらない。地上への出入口は開閉式になっており、普段はしっかりと隠されていた。必要なときだけ開ける仕組みになっているのだ。その上で周囲に溶け込む偽装を施している。余程気をつけて探さない限り、見つけられないだろう。

「普通の砦と違って、一般兵士さんの出番が少ないですから。その分、人員が削れるんですよ」

「その代わり、情報収集のために動いてる密偵の数が多いからな」

ハンスの言うとおりであった。王都内には、未だに足がかりになる場所の用意ができていない。早々にそういった場所を作らなければならないのだが、急げば変に目立ってしまう。

「なんか、商人に偽装して足場固めしてるんだっけ？」

「そうです。いや、それがですね。セルジュさんがかなり頑張ってくださってるんですけど。これがまた、似合うの何の」

イッカの質問に答えながら、キョウジは何かを思い出したように苦笑を浮かべる。

セルジュは、王都ダンジョンが作られる以前から、王都に侵入していた。ロックハンマー侯爵が異変を感じ取った初めの頃に、事前準備として配置しておいたのだ。そのときに与えられた身分が、ロックハンマー侯爵領内に店を持つ、商人だったのである。

「セルジュさんかぁ。あの人、存在感ハンパネェだろぉ。荒事屋な雰囲気バンバン出てんのに、カタギのマネなんてできんのかよぉ」

セルジュの外見を思い出したケンイチは、顔をしかめながら言う。

ケンイチの知るセルジュは、とても商人には見えなかった。というより、一般人にすら見えず、山賊のお頭(かしら)とか、そういう感じのビジュアルだったはずだ。

そんなケンイチの考えを察してか、キョウジが補足を入れる。

「なかなかの変装ぶりですよ。僕も何度か直接会ってますけど、最初は誰だか分からなかったぐらいです」

「そのぐらいのことは、できるのでしょうねぇ。セルジュさんは、敵地への潜入とか暗躍とかが得意そうでしたから」

コウシロウの呟きに、全員の視線が集まる。

しみじみと昔を懐かしむような調子で、コウシロウは言葉を続けた。

「種類は違いますが、若い頃の友人に、似た雰囲気の人物がいましたねぇ。ＭＩシック――」

コウシロウは、一度言おうとした言葉を無理やり止めた。

キョウジとイツカの表情がサッと青くなるが、再び何事もなかったかのように口を開く。

「少し変わった会社に勤めていた友人なのですが。彼も変装が得意で、よく驚かされましたよ」

「はぁー。やっぱコウシロウさん、顔ひれぇーんすねぇ！」

ケンイチは、純粋に感心した様子で声を上げる。

ハンスも、同じような反応だ。

キョウジとイッカは体を強張らせて、お互いに顔を見合わせている。

「コウシロウさん、なんだかんだ言って、おじいちゃんだから。ちょっとお口がライトになってるんじゃないの、あれ」

「いいんです。僕達が聞かなかったことにすればいいんです。それにほら、異世界ですから、ここは」

「まあ、確かに相手がいなけりゃ気にする必要もなし、か。スルースキル試されるわぁー」

なんとも言えない表情で、イッカは天を仰ぐ。

キョウジは仕切り直すように、咳払いをした。

「ともかくですね！　皆さんが王都に泊まり込むときは、ここを使っていただく形になりますので！」

ハンスやレインはもちろん、ケンイチ達日本人の面々も、今回の件では戦力として数えられている。

相手が日本人の転生者である以上、戦力は幾らあっても多すぎることはない。

まあ、ケンイチとコウシロウはドラゴンを倒したという、とてつもない実績があるので、戦力なのは当然だが。

「別に泊まり込む必要ねぇーんじゃねぇーの？　ワープ床つかやぁ、すぐ来られんだしよぉ」

「ワープ床じゃないですよ、転移トラップです。似たようなもんですけど」

首を傾げるケンイチに、キョウジは素早く突っ込みを入れる。

「確かに転移トラップを使えば、すぐに街とここを行き来できますけど、現地にいた方が何かと便利ですからね。初動も早くなりますし」

まず考えられないことだが、敵から襲撃を受けたとき、あるいは、急に敵を襲撃しなくてはならなくなったときなど、一分一秒を争うこともある。予定されている教主との戦いが近づけば、不測の事態が発生しないとも限らない。

そんなとき、いちいち転移トラップで街と行き来していては、無駄に時間がかかってしまう。

「ていうかお手軽な移動手段だと思われてるけどね。けっこう、転移トラップって、コスト高なのよ？　魔力めっちゃかかるし。一応、転移するときは確認作業とかあるし」

半笑いで口を挟んだのは、イツカだ。

最近は当たり前のように使われている転移トラップだが、実はわりと手間暇がかかっている。物やら人間やらを、一瞬で遠く離れた場所に移動する。普通に考えれば、とてつもないことなのだ。

改めてそれに気づいたのだろう。ケンイチは、まじまじとイツカを見据える。

「お前すごかったんだなぁ」

「いまさら⁉」

ケンイチ牧場に多大な貢献をしているイツカの働きを、ケンイチはいまいち認識していなかったらしい。だが、基本的に物事を深く考えないのは、ケンイチの専売特許のようなものである。

「で、風呂と便所、どこにあんだぁ？」

「一ヵ所にまとめてあります。大浴場と、大きめの合同トイレですね」

「そうなのかぁ。っつーか、何で一部屋ごとにつけなかったんだぁ？」

「いや、地球と違ってインフラが充実してるわけじゃないですからね？　そもそも。たっぷりお湯を使ったお風呂も、水洗式にしてあるトイレも、それだけでかなり豪華なんですからね？」

引きつった顔で言うキョウジに、ケンイチは「あー」と納得した様子で頷いた。最近はシャワートイレまでできたので感覚が麻痺していたのだった。

実際、ここに泊まり込んでいるロックハンマー侯爵旗下の兵士の何人かは、「家の数倍、居心地がいい」と言っていた。

「トイレとお風呂、私、実際に確認したいなぁ。モニター越しには見たけど」

「大事だもんなぁ、便所と風呂はよぉ」

酒瓶を呷りながら言うイッカに、ケンイチは賛同する。

「じゃあ、場所だけお教えしますね。その後は、作戦司令室を案内しますんで」

「なんで中まで見せてくれないの。入ろうぜ、男子トイレと男湯」

「そういう人がいるから場所だけなんです」

真顔で言うイッカに、キョウジは冷静に突っ込みを入れる。

日本人だけを見ると、ケンイチはそういったことに興味がなく、キョウジはビビリなので絶対に手を出さず、コウシロウはおじいちゃんだから性格的にも考えられない。

一方、女性陣に目をやれば、イッカとムツキというあからさまな危険人物がいる。ミツバはお子様なので無害と言えるし、ナナナは一般常識の持ち主だから危険はない。イッカとムツキが、非常識の平均を凄まじく押し上げているのだ。実に厄介な連中である。

「ていうか、イッカさん。男湯にゴーレム仕込んだりしてないでしょうね」

キョウジの言葉に、暫しの沈黙が訪れる。

「はっはっは。いやだな。いくら私でも、そんなことするはずないでしょうよ」

イッカはカタカタと小刻みに震えながら、あさっての方向を見て言った。あまりにも分かりやすすぎるリアクションだったため、一見冗談のように思えなくもない。だが、ここに居る全員がよく知っていた。イッカという女は、本当にそういうことをやる女なのである。

「キョウジ、男湯に案内してくれるか。レイン、検分するぞ」

「ちょっと待ってくださいよぉー!! 私、信用なさすぎじゃない!? 今のはジョークだと思うところじゃない!?」

「お前の場合は信用ならんのだっ！」

イッカにすがりつかれるものの、ハンスはまったく意に介さない。

結局、この後本当に隠しカメラ、ならぬ、隠しゴーレムが発見され、イッカは暫くの間、冷たい風呂場のタイルの上で正座させられることになったのであった。

イッカへの説教も終わり、面々は作戦司令室へやって来た。

若干一名が痛そうに足を引きずっているものの、自業自得なので誰も心配はしていない。その痛みを中和するため、酒の消費量が上がっていたのだが、こちらに関しても皆、気に留める様子もなかった。

案内された作戦司令室では、略式軍服に袖を通した兵士達が、忙しそうに動き回っていた。ある者はゴーレムの目を通したモニターを監視し、また別の者はキーボードを叩いている。

書類を前に、あれこれと相談している姿も見受けられた。

「なんかファンタジーの風景じゃないなぁ。モニターとか浮いてると、エスエフチックじゃない？」

「自分で作ったものじゃないですか、これ」

他人事のように不思議そうな顔をしているイッカだが、キョウジが言うとおり、ここにあるもののほとんどは、イッカ本人が作ったものである。

「しっかし、皆忙しそうだね。そんなにやることあるの？」

「どういう意味ですか。いや、ありますよ、沢山。こっちは王都の中のことはほとんど知りませんでしたからね。地理やら勢力関係やら」

イッカだけではなく、ケンイチもピンときていないのだろう。不思議そうに首を捻っている。

キョウジは少し考えてから、こう言い直した。

「ほら。殴り込みかけるので、土地勘がある方が有利じゃないですか。どの辺が、どこの族のシマなのか、とかが分かっていると、さらにいろいろ便利ですし」

「あー」

「なるほどねぇー」

「ていうか、イツカさんには前に説明しませんでしたっけ？」

眉をひそめるキョウジに、イツカは曖昧に笑ってごまかす。

そんな彼らに、声をかける者がいた。

「それ以外にも、物の相場。犯罪組織に、そこの大物。様々なものを調べています。どんな情報から、仕事に繋がるか分かりませんからね」

落ち着いた、中年男性の声。

ケンイチとイツカが振り向くと、そこに立っていたのは、人好きのするにこやかな笑みを浮かべた男性だった。穏やかな顔立ちに、仕立てのいい衣服。いかにも、やり手の商人といった風情だ。

男性の姿を確認したイツカは、不思議そうな表情をした。街中でならいざ知らず、ここは王都ダンジョンの中だ。商人にしか見えない男性がいるのは不自然である。

そんな視線に気づいたのか、男性は「しまった」という仕草を見せた。

「ああ、これは失礼！　自己紹介がまでしたね。私、ディヴン商会の番頭をさせていただいております、チャック・フィンリーと申します。以後、お見知りおきを」

男性にお辞儀(じぎ)され、イツカはどこかで会ったような引っかかりを覚えつつ首を傾げる。

イツカの記憶が確かであれば、ディヴン商会とは、ロックハンマー侯爵が今回の調査のために用意した偽装の商会のはずだ。そこの関係者なら、つまるところ諜報活動に携わる人物にほかならない。

もしかして、以前に見かけたことのある人物だろうか。

と、そこまで考えて、イツカの頭にある人物の顔が、唐突に思い浮かんだ。あまりに印象が違うのと、髭(ひげ)を剃(そ)っていたので気づかなかったが、よくよく見れば、自称チャック・フィンリーは、イツカの知っている人物だったのである。

「あ、セルジュさん！」

「ご名答ー！」

ニヤリと口の端を吊り上げる笑顔とともに、男性の印象がガラリと変わった。それは、ハンス達と因縁浅からぬ隣国の元特殊部隊長、セルジュ・スライプスであった。

改めてその姿を確認して、ケンイチとイツカは感嘆の声を上げる。

「おー！　すげぇ！　一瞬、誰か分かんなかったぜぇ！」

「マジかぁー。髭剃って服替えるだけで、こんなに変わるもんなんだねぇー」

「イケメンでしょう？　おじさん、こういうの得意なのよ」

「いや、イケメンかどうかはアレだけど」

「あっはっは！　ヒドイなぁーイツカちゃん！」

少なくとも以前は敵同士であった相手だが、ケンイチもイツカも、まったくわだかまりを感じていなかった。ケンイチは一度やり合えばマブダチだと思っているし、イツカはよくも悪くも過去にこだわらない質(たち)なのだ。

驚く二人とは違って、ほかの面々は落ち着いたものである。

キョウジはもとからセルジュのことを知っていたし、流石と言うか何と言うか、ハンス、レイン、コウシロウの三人は、一目で正体を見抜いていたようだ。

ハンスはセルジュの前に出て、片手を前に出す。

セルジュはそれをがっちりと掴み、握手を交わした。

「髭があった方が、迫力があるのではないですか？」

「なぁに、アレはアレで威嚇(いかく)のための偽装だからね。本来の俺はどっちかっていうと、シティー派なのよ？」

「それは恐ろしい」

ハンスとセルジュは、お互いに声を上げて笑う。

「あれ？　でもセルジュさんって、商会の主人って設定にするんじゃなかったっけ？　前にそんな書類が回ってきた気がするけど」

「一番のお偉いさんより、二番手三番手の方がいろいろ動きやすいのよ。駆けずり回ってる中間管理職感が出て、同情してもらえちゃったりもするしね」

セルジュの答えに、イツカは膝を打った。

ある程度の権限は持っているものの、上からの指示で動いている。そういう人物の方が、小回りが利くのだろう。

「なるほどねぇー。フットワークを軽く保つってやつかぁ」

「そっそ。おかげであっちこっち飛び回らせてもらってるよ。王都にも随分詳しくなったしね。今度、案内してあげようか？」

「面白いトコあります？」

「酒が沢山あって、美味いつまみを出す店に案内しちゃおう」

「なにそれ。約束された桃源郷（とうげんきょう）か何かなの？」

真顔で言うイツカに、キョウジが溜め息を吐く。

普段はへらへらしているが、こう見えてイツカは締めるときは締められるタイプだ。だが、酒に関してだけは別であった。たとえどんなときでも、どんな場所でも、絶対に酒を飲むのである。仕事中だろうが、貴人の前だろうが関係ない。

普通なら問題になるが、イツカの場合は事情が特殊だった。

まず、能力が便利で、ほかに替えが利かないこと。酒絡みで、取り返しのつかない失敗をしたことがないこと。酒が切れると、絶対に仕事をしないこと。厄介だが、仕事は優秀にこなしている。これらの事情を踏まえ、どんなに飲んでいようが見逃されているのだ。

ついでに言うと、どうも日本人達に共通した特徴である「状態異常に対する高い耐性」も関係していた。イツカ曰く、アレだけ飲んでいながら、少し時間が経つと、すぐに酔いが醒めてしまうらしいのだ。それが、当人にとって喜ばしいことなのか否かは、判断に迷うところである。

「つか、俺ら王都ん中に入っていーのかぁ？　いろいろ、アレだ。行かねぇ方がいいんじゃねぇーの？」

店に案内する、というセルジュの言葉に、ケンイチが首を傾げた。

王都内は敵地であり、現在調べを進めているという。ならば邪魔はしない方がいいのではないか。

そんなケンイチの疑問に、キョウジは首を振った。

「相手が王都にいる以上、いずれ中には入らないといけませんからね。僕達も戦いに参加するとなれば、今のうちから中の様子を知っていた方がいいですし」

「確かになぁ。っつか、おめぇーも行くのかぁ？」

「まあ、状況によりけりですかね？　まだ実際にどんな作戦でいくかも完全には固まっていませんし。準備はしておかないと」

キョウジの能力は治療魔法だ。その威力は凄まじく、戦いの際には非常に心強い。だからこそ、どんな状況でも臨機応変に、的確に動けるようにしておかなければならない。

普段のキョウジは、恐ろしく警戒心が強く、ビビリであった。そのキョウジが、自分から戦いの場に出ることを話している。すでに腹はくくった、ということだろう。

「じゃあ、俺も行っていいわけかぁ。なんかそう言われっと緊張すんなぁ。一張羅出しとくかぁ」

「一張羅って、トップクじゃないですか。絶対やめてくださいよ、悪目立ちしますから」

キョウジの言うことはもっともである。というか、すでに髪型が異様に目立っていた。そこに何か注文をつけないのは、何を言ってもどうせ変えないと分かっているからだ。

なんだかんだと、ケンイチとキョウジの付き合いは長いのである。

「悪目立ちっつったら、もっと悪目立ちすんのがいんだろぉ」

「え？　誰です？」

「ミツバだよ」

ケンイチの言葉に、全員が納得したように頷いた。

黙っていれば、可愛らしい少女。だが、ひとたび口を開けば飯を食い、走り出せば地面を抉り、腕を振るえば周囲をなぎ払う。人間よりも限りなく魔獣に近い存在。

それが、ミツバという少女なのだ。

「そういえば、ミツバのヤツはどこに居るんだ？」

はっと気がついたように、ハンスが呟いた。

ここ暫くの間、ミツバは王都ダンジョン建設のために住み込みで働いていた。ハンス的には、久方ぶりに静かで穏やかな日々が続いていたのだ。

それはともかく、王都ダンジョンはミツバがいるにしては妙に静かだった。いつものミツバなら、すでに一騒ぎ起こしてハンスに怒られていてもいい頃合いである。

表情を曇らせるハンスに対し、キョウジは至って落ち着いた様子で笑顔を見せる。

「ミツバちゃんなら、訓練に出ていますよ。動かないと体が鈍るとか言って、何人かの兵士の人達と一緒に」

「訓練？　どこに出ているんだ？」

「森です。王都と逆方向の、深い辺りに行くみたいですよ」

そこまで聞いたハンスは、難しい表情をした。

「異様に嫌な予感がする。コウシロウ殿、ミツバを探してみてもらえますか？」

「分かりました、少し待ってください」

コウシロウは千里眼を起動すると、遥か上空から地上を見下ろす形の視界を確保する。

そして、すぐさま異変を察知した。森の方から王都ダンジョンに向けて、一直線に何かが近づいてきているのだ。行く手を阻む木々をなぎ倒して進む様は、さながら魔獣のようである。

間違いなく、ミツバだ。

「いました。どうしたんでしょう、急いでいるようですが」

「おそらく何かを叫んでると思うのですが。何と言っているか分かりますか？」

「見てみましょう」

コウシロウは視線を動かし、ミツバの口元を確認する。

ハンスの予想は当たっていた。読唇術(どくしんじゅつ)の心得があるコウシロウは、唇の動きからミツバが何を言っているかを読み解いて、それを声に出した。

「食料庫を守るガーディアンは森の中に置き去り。今の食料庫は無防備そのもの。食い放題状態っす。今強襲すれば、食い物は全部マルッと自分のもの。これぞ自衛隊流兵法、一人時間差の陣。ざまぁみさらせっす、キョウジさん。自分に腹いっぱいご飯を食べさせなかったことを、本体であるメガネを曇らせて悔(く)い改めるといいっす」

ハンスは眉間を押さえ、大きな溜め息を吐いた。

イツカは目を丸くして、コウシロウのことを見ている。

「なんか、コウシロウさんの口からミツバちゃんの台詞が出ると、違和感ハンパないよね」

「僕も思いましたけど。それは今いいじゃないですか」

キョウジがイツカに突っ込みを入れている間に、ハンスは気を取り直して頭を振る。

腰に下げた剣を確認すると、キョウジの方へ顔を向けた。

「すまんが、外との出入口に案内してくれるか？　レイン、手伝ってくれ」

ハンスに声をかけられ、レインは短く返事をする。キョウジはハンスを案内するために、素早く扉の方へ動いた。三人は足早に出入口へと歩き出し、その向こうへ消えていく。

そんな彼らを、セルジュ、ケンイチ、イッカの三人が見送る。

コウシロウはと言えば、いつものように少し困ったような表情で笑っている。

「いつ見ても面白い連中だねぇ」

「一緒に居ると飽きないですよ？　いっつもなんかあるから」

「それに関しちゃ、俺もおめぇも似たようなもんだろぉ？」

ケンイチに言われ、イッカは「そうかも」と破顔した。

セルジュにしてみれば、確かに皆似たようなものだ。日本人達だけではなく、ハンス、ロックハンマー侯爵。すべての人間が面白い。

国を出奔し、自由の身となったセルジュにとって、それは非常に魅力的なことだ。どうせ自分の腕を活かすなら、面白い連中とつるむ方がいい。ロックハンマー侯爵はセルジュにとっては理想的な雇い主だし、今や同僚同然の千里眼使いはすこぶる優秀だ。

怪我や病気の心配もないとくれば、文句のつけようがない。

「ていうか、今って一応非常時でしょ？　太陽教会の教主サマに狙われてる的な。それでも面白いもんですのん？」

イッカの質問に、セルジュは面白そうに笑みを浮かべる。

「面白いよ？　大体、負けるつもりないでしょ？　キミ達」

セルジュの質問に、イッカとケンイチは顔を見合わせた。それから、さも当然だと言うように、肩を竦めて見せる。

「牧場に手ぇ出そうってやつぁ、片っ端からぶっ飛ばしますよ」

「今の生活、気に入ってますしねぇー。コウシロウさんもそうでしょ？」

「そうですねぇ。私も気に入っていますよ。本当に」

イツカに振られ、コウシロウは可笑(おか)しそうに笑う。

セルジュはそんな三人を見て、声を出して笑った。

この後、四人はお茶でも飲みながらハンス達を待とうと、食堂へ移動した。ミツバに対する説教は、かなり長引くだろうと考えたからだ。

案の定、ハンス達が戻ってきたのは、四杯ほどお茶をお代わりした後であった。

8　王都を歩く男女

太陽教会の教主襲撃のための準備は、着々と整いつつあった。

当初、王都内での活動は相当に困難になるだろうと予想されていた。それがいい意味で裏切られたのは、セルジュの手腕によるところが大きい。彼は当人の言葉通り、シティー派であったのだ。

セルジュはあっという間に王都内に溶け込むと、あらゆる場所にその手を伸ばした。王都内の警備兵の詰め所から、犯罪組織の事務所にまで。ディヴン商会という隠れ蓑を巧みに使い、様々な情報をかき集めていったのである。

もちろん、足場固めも忘れてはいない。拠点となる場所を確保し、武器の準備や物資の備蓄なども抜かりなく行っている。

とはいっても、王都はあくまで敵地である。楽観視することはできなかった。何日も神経を張り詰めた生活を余儀なくされているせいで、キョウジはどんどん衰弱していっていた。

蒼白な顔で椅子に座るキョウジを前に、セルジュは珍しく心配そうな表情を見せていた。

「え、大丈夫なのソレ。顔色やばいけど」

「ははは。大丈夫ですよ。ただの精神的ストレスですから」

ストレスは体に悪いというが、ここまで凄いものなのか。セルジュは思わず感心の声を上げた。

二人が居るのは、セルジュが王都内に用意した拠点の一つだ。大きな倉庫などの建築物が立ち並ぶ一角にある一軒家である。セルジュとキョウジは、その家の居間のテーブルに着いていた。

「それ、治療魔法でどうにかならないもんなの？」

「肉体的なものは癒やせるんですが、心の方はどうにも」

肉体関連なら、生きてさえいれば、病気だろうが怪我だろうが完全に回復させられる。万能にも見えるキョウジの治療魔法だったが、如何せん、心理的なものに関しては一切効果がなかった。

心だけは他人がどうこうしていいものではない。自分のそんな強い信念が影響しているのだろう、とキョウジは考えていた。

そんな話をしていると、部屋に足音が近づいて来る。二人が顔を向けるのとほぼ同時に、扉が開いた。そこに居たのは、ケンイチとミツバとイッカの三人である。

イッカはニッと笑うと、ひらひらと手を振った。

「おっまたせぇー。似合う？」

イッカは自分の服を摘み上げた。スウェットでもジャージでもスーツでもない。スカートにシャツという、ハンスの国で一般の人々が着ているような服装であった。

ケンイチとミツバもいつもの服装ではなく、王都の雰囲気に溶け込みやすい恰好をしている。

「いえ。思ったよりも速かったですね、着替え。サイズも丁度いいみたいですし」

キョウジは三人の服装を目にして、満足そうに頷いた。

彼らがわざわざ服装を替えたのには理由がある。これからセルジュを案内役に、王都の中を確認し、土地勘を得ようというのである。

太陽教会への襲撃は、少数精鋭で当たることとなっていた。何しろ、ここは王都、国の中心地だ。武装した大人数を投入すれば反乱と捉えられかねない。目立たない人数で密かに動く必要がある。

たとえば今後、日本人が単独で王都を移動しなければならない事態も出てくるかもしれない。そんなときのためにも、王都の様子を知ることは必須なのである。

ただ、ケンイチ、ミツバ、イツカの三人が、どのくらいその重要性を認識しているかは、疑問が残るところだ。

「いい女っていうのは着替えも速いものなのよ」

イツカが、ドヤ顔で言い放った。

着替えが速いことと、いい女との関連性が見えないし、何より、どこにいい女が居るのか？

いつもなら思わず、そんな指摘をしたくなるキョウジだったが、ぐっと我慢した。今日は疲れていたのと、幾らかの労いの気持ちもあったからだ。

イツカには王都を案内する間、酒を控えるように言っていた。酒瓶を呷りながら歩く人物というのはすこぶる目立つため、我慢してもらうことにしたのである。

イツカも流石に分かっているのか、特に抵抗もなく受け入れていた。だから、この程度の自惚れには、目を瞑ろうと考えたわけだ。

そんなキョウジの気持ちを知ってか知らずか、イツカはおもむろに上着の内ポケットに手を伸ばす。取り出したのは、金属のスキットルだ。手早くその蓋を開けると、中身を呷り、「かーっ！」と息を吐き出した。

酒である。

やっぱり突っ込んでおけばよかったと、キョウジは早くも後悔するのであった。

「そうなんすか!?　じゃあ、自分もいい女だったんすね！」

いい女、という部分に反応したのは、ミツバだった。

キョウジが口を開くよりも早く、イツカがそれを肯定する。

「そうそう、ミツバちゃんもいい女だよ、もちろん！」

「やったー！」

盛り上がるミツバとイツカに、キョウジは思わず頭を抱えた。もの凄い頭痛を覚えたのだ。

「なぁ、キョウジ。あいつらの言ってるいい女って、俺の知ってるいい女とちげぇ意味なんかなぁ？」

いつの間にかキョウジの横に立っていたケンイチが、神妙な顔で呟く。

「いや、多分同じだと思いますよ」

「マジか。すげぇな」

何がどう凄いのか分からなかったが、キョウジはとりあえず頷いておいた。

そんな日本人達の様子を見ていたセルジュは、腹を抱えて笑っている。

「面白いなぁー、お前ら！　ハンス・スエラーがいっつも胃が痛そうな顔してる理由が分かるわ！」

「今頃、少しは休めてると思いますけどね」

キョウジは、溜め息交じりに言う。

いつもならお目付け役として同行するはずのハンスだったが、今この場所には居なかった。別の用件のために動いている最中なのだ。

「そういやぁハンスさん、今頃どの辺に居るんだろうなぁ」

「ロックハンマー侯爵閣下のお屋敷を出発して、三日目ですからね。かなり王都に近づいてると思いますよ」

しみじみとしたケンイチの言葉に、キョウジがすかさず答える。

ハンス達は現在、王都へ向けて馬車で移動中であった。出発地は王都ダンジョンではなく、ド田舎のハンス達が暮らす街だ。

この移動は、ハンス達の街からロックハンマー侯爵の領主館まで約五日。そこから王都まで約七日。天候や道中の状況にもよるが、合計で半月近くもかかる大移動である。わざわざそんなことをせずとも、王都ダンジョンの転移トラップを使えば一瞬なのだが、そうもいかない事情があった。

今回ハンス達は、王都執政官室の正式な呼び出しを受けていた。それは正規の手続きを経て、王都へ行かなければならないことを意味している。

通常、王都から遠い場所に住む貴族は旅程が決まっていた。どこの道を通り、どの街で宿泊し、どの程度の時間をかけて王都へ辿り着くのか。おおよそのところを執政官室は把握しているのだ。その上で王都へ向かう貴族には、旅程の状況を遠話によって王都へ報告する義務があった。

この遠話は貴族のお抱えの魔法使いではなく、各街に配属されている者が行う。そうすることで、その貴族が間違いなく、その街へ辿り着いたことを確認するのである。

これには幾つか理由がある。

まず、貴族の無事を確認すること。この世界は非常に物騒なため、突発的に魔獣に襲われるなどということが少なくない。突然連絡が途絶えたときなど、速(すみ)やかに捜索を開始するために必要な手順と言えるだろう。

ほかにも、その貴族が不穏な動きをしていないか、確認する意味合いもあった。

他国への亡命や反逆のための準備など、移動中の貴族が捕捉できなくなる理由は、事件や事故以外にも多々あるのだ。だからこそ、ほとんどの貴族は、旅程をできる限り正確にこなそうとした。

一種の義務のようなもので、それを逸脱すれば、あらぬ疑いをかけられることになるほどだ。となれば、正式に呼び出しを受けたハンスとロックハンマー侯爵は、それに沿った移動をする必要がある。

今回の件については、いわばアリバイ作りに近いかもしれない。

「江戸時代の参勤交代みたいですよねぇ。必ず通らなくちゃいけない場所が決まってるんですから」

「ありゃぁ、大変だったらしいからなぁ。松前藩は片道約一ヵ月もかけて江戸に行ってたっつーぐれぇーだ。五年に一度、四ヵ月間。大変なモンだったんだろうなぁ」

「相変わらず知識が偏(かたよ)ってますよね」

遠く北海道松前の地から、江戸を目指す大名行列に思いを馳せるケンイチに、キョウジは引きつった笑みを浮かべる。基本的に理解力が限りなくゼロに近いケンイチだが、出身である北海道が絡む場合は話が違ってくるのだ。

ミツバとの遊びに一区切りついたのか、イッカがセルジュ達の方へ近づいて来た。

「しっかし、セルジュさんも大変ですよねぇー。私らの面倒見るのメッチャ労力いりますよ」

「そう思うなら大人しくすればいいのに」

「人に迷惑をかけるのだけは得意っす！」

「それは自慢になりませんからね？」

イッカとミツバに突っ込みを入れるキョウジだったが、二人に意に介されることはなかった。二人とも日常的に小言を言われたり、説教などをされているので、スルースキルが非常に高くなっているのだ。すでにベテランレベルと言っていいだろう。

ハンスの胃が心配されるところである。

「そうよぉー。あんまり大変だとおじちゃんはげちゃうからね。暴れないようにしてよ？　いい子にしてたら、お酒と美味しいものおごってあげるから」

「うわぁーい！　やったー！」

「めしっすー！」

ただ酒とただ飯ほど、美味いものはないという。セルジュの言葉に、ミツバとイッカは喜びの舞を踊った。二人とも本能で生きているので、すこぶる単純なのだ。

「いいんですか？　この二人、死ぬほど食べますよ？」

不安げな顔をするキョウジに、セルジュは肩を竦める。

「なぁーに。活動資金はいただいてるからね。それで大人しくなってくれるなら楽でいいじゃない？」

「まあ、そうかもしれませんけど」

「それに能力が高いヤツって、意外と個性的なのが多くってね。扱いには慣れておかないと」

実際に関連があるかどうかは分からないが、ハンスのもとに居る日本人が個性的で、奇妙な行動や言動が多い一方で、異常に優れた能力者なのは確かである。

「それに、ほら。王都の案内って言っても、別に珍しいものがあるわけじゃないじゃない？　どうせすぐ終わるんだし、一杯やって帰ればいいのよ」

「いや、まあ、珍しいって言うか、なんて言うか」

キョウジは難しい顔をして、唸り声を上げる。

ずっと王都ダンジョンに詰めていたキョウジは、いち早く王都の中を歩いていた。自分達が暮らしていた街との文化的格差に驚いたものである。

「まぁまぁ。とりあえず準備もできたんだし、早速行こっか！」

セルジュの号令に、日本人達はぞろぞろと動き始めた。

キョウジも心配そうな顔をしつつ、皆の後に続いて部屋を出ようとする。そこで、はたと、あることに気がついた。

「あ。ケンイチさんの頭！」

あまりに自然すぎて忘れていたが、あの強固なポンパドール頭は、もの凄く目立つのではあるまいか。高身長でガタイがよく、凶悪そうな顔立ちの上に独特な髪形だ。目立たないはずがない。

これはマズイのではないか？

だが、マズイからといって、あのケンイチが髪形を崩してくれるだろうか？

ありえない。まずもって、ありえないだろう。

付き合いの長いキョウジだからこそ、ケンイチのこだわりは身に沁みて知っていた。

「いや、これ、どうすればっ！　うっ！　胃がっ!!」

ストレスで胃がやられたキョウジだったが、結局、何もしないまま王都の案内は始まってしまった。

結論から言えば、それは杞憂に終わった。奇抜な恰好をする人間は、わりとどこにでも居るのだ。セルジュが商人風の恰好をしていたので、その護衛と見られたことも大きかった。ケンイチの頭についてセルジュが注意しなかったのも、そう見られると予想していたかららしい。

こうして王都の案内は、特に問題もなくスムーズに進むのであった。

休憩のために入った喫茶店の個室で、ミツバとイツカは意外なほど打ちひしがれていた。沈鬱な表情でテーブルに突っ伏し、黙りこくっている。

「ねぇ。もしかしてだけどさ」

イツカはおもむろに顔を上げると、キョウジの方を向く。

「うちの街って、クソ田舎なの？」

「いや、クソて。言葉が悪すぎるでしょう」

イツカが思わずそんな言葉を使ってしまうほど、王都は洗練された都会だったのだ。というか、ハンス達の住んでいる街が、想像以上に田舎だった、と言うべきか。

まず、王都は道路からして違っていた。見渡す限りすべて石畳、あるいはレンガによって立派に舗装(ほそう)されている。ゴミなども一切落ちていない。建築技術が進んでいるのか、三階建て、あるいは五階建ての建物が立ち並んでいた。ガラスや美しい石材などの建材も、たっぷりと使われている。

一方、ハンス達の街はどうだろう。

地面は剥き出しの土。雨が降ればすぐにぐっちょぐちょになって、そこら中に水溜まりが出来る。建物は石やらレンガやら木造やら、場所によってバラバラ。一番高い建物は、ケンイチ牧場の寮であり、それを超える建築物はない。

王都の景色とハンスの街の景色を比べれば、これでもかと言うほど分かりやすい「都会」と「ド田舎」の比較図が完成するだろう。

気のせいか、街を歩いている人々が纏っている雰囲気も違うように、ミツバとイツカには見えた。肩で風を切って歩いている、とでも言えばいいのだろうか。妙に歩幅が広く、皆急いでいるかと思えるほど足が速い。

ハンスの街では、皆のんびりと道を歩いている。時折立ち止まり、そのまま暫くボケーッとしている老人なども、しばしば目にしたものだ。

それらだけでも十二分に打ちのめされたミツバとイツカだったが、さらに衝撃を受けたものがあった。王都内に溢れている、魔法道具の品々だ。

主に隣国産らしいそれらは、王都では当たり前に使われていた。道には馬の居ない自動馬車が走り、夜を照らす魔法道具の街灯が立ち並ぶ。上下水道も魔法道具で整備されているらしかった。王都内では綺麗な水がふんだんに使われており、清潔さが保たれている。

「なんなんすか、この格差！　都会と地方で差がありすぎるっす！　ひどい、あまりにもひどい！」

「そうだそうだー！　なんで魔法アリアリのファンタジーな世界の街並みが、スチームパンクな感じになってんのさ！」

「俺のチート能力で、今まで原始的な生活してた奴らが、少しはマシな暮らしができるようになったなぁ、ありがたく思えよ系主人公がＮＡＩＳＥＩ無双（笑）した後、みたいになってるじゃないっすか！」

「昭和初期と幕末ぐらい違うじゃん、暮らしぶりが！　詳しくないからテキトウだけど!!」

やいのやいのと大声を上げるミツバとイツカに、キョウジは思わず顔をしかめた。

気持ちは分からないではない。キョウジも初めて王都の中を歩いたときは、ドギモを抜かれたものだ。こんなに差があるのか、と理不尽にも感じた。

だが同時に、だからこそ自分達は平和に暮らせているのではないか、とも考えた。そういった都会と地方の壁があるからこそ、日本人という奇妙な存在を隠せているのではないか。

だとしたら、自分達にとってこの差は悪いことばかりとも言えない。

「いいじゃないですか。あの街には、あの街のよさがありますし」

「うるせぇ、この都会ものがぁ!!　東京の人間には地方民の悲しみと苦しみが分っかんないんだぁ！」

「そーだ、そだそだー！　島根の観光地は出雲大社だけじゃないっすー！」

「鳥取は砂丘だけじゃないぞぉー！」

ヒートアップし始めた二人が、キョウジに掴みかかる。

キョウジが悲鳴を上げているが、セルジュとケンイチは特に気にしていない。ミツバ達の暴走はいつものことなのだ。

ケンイチは二人に締められているキョウジを眺めながら、腕を組んでしみじみと呟いた。

「思ったよりも人ぁ多いし、都会独特の無関心さもあるみてぇーだし。区画整備もきっちりされてて、慣れさえすれば道にも迷わねぇだろ」

「好きに歩いて、王都に慣れてくれって、閣下も仰ってる。まっ、観光ついでにあちこち歩くといいよ」

「おお、そうさせてもらうぜぇ。っつか、コウシロウさん、どうしたんだっけかぁ？」

首を傾げるケンイチの言葉に、セルジュは思わずガクッと体を揺らした。今日だけでも、すでに何度もされた質問だったからだ。ケンイチは基本的に記憶力が弱いのである。

「いやいや。そもそも案内が必要だと思う？　三日もありゃ、どんな場所だってあの人の庭だよ」

セルジュは眉間を突いて見せた。コウシロウの千里眼のことを意味しているのだろう。

ケンイチは納得した声を上げた。

「そりゃそうかぁ。一人で回ってもらった方がぁ、仕事も速くなるわなぁ」

「今頃、狙撃ポイントのチェックとかしてるんでない？　セーフハウスも仕込んでるかもよ」

「ありそうでこえぇなぁ」

ケンイチはアクション映画さながらに、狙撃ポイントを確かめるために王都内を歩くコウシロウを想像してみた。

いつもと変わらぬ笑みを浮かべたまま、ミツバが贈った帽子を被っているコウシロウ。その手には、アタッシェケースがある。中に入っているのは、もちろん狙撃銃だ。

コウシロウは王都のあちこちを物色（ぶっしょく）しつつ、最終的に広い公園の近くの大きな時計塔に目をつける。そして、コウシロウはその時計塔の天辺に上り、狙撃銃を構えて……。

その想像は、あまりにもリアリティがあった。

「いや、やってんなコレ。たぶん。絵になりすぎるわ」

「おもったぁー！」

ケンイチの呟きに、セルジュが同意する。

「まっ、とにかくよ。暫くは王都の中、あっちこっち歩き回ってみてちょーだいな。サポートはするからさ」

セルジュの言葉に、ケンイチは大きく頷く。

セルジュは満足そうに何度か首肯した。

「いやぁ、ケンイチ君はまだいいんだけどさぁ。心配なのは、ムツキちゃんとナナナちゃんよ。二人とも別の意味でトラブル体質だから」

ムツキは自分から問題を起こすタイプで、ナナナは巻き込まれるタイプのトラブル体質だ。

同意しかけたところで、ケンイチは首を傾げた。

「あの二人も王都ん中ぁ、歩かせんのかぁ？」

二人とも、一応牢獄に捕まっている囚人の立場である。それを王都に連れて来ていいものなのか。

ケンイチの危惧は、もっともだろう。

だが、今回はそうもいかない事情があるのだ。

「二人とも、貴重な戦力だからねぇ。一個人で膨大な数の魔法を同時展開できる子に、一個人で武装した軍団を作り出せる子」

ムツキの能力は単純に実戦向きだ。浮遊島の一件でも、その能力を遺憾なく発揮している。

ナナナの能力は、ポイントカタログに載っているもの次第だが、軍隊だって作り上げられるだろう。二人とも別々の意味で扱いは難しいが、確かに能力としては申し分ない。今回は少数精鋭で事に当たらなければいけないので、遊ばせておくには、あまりにも惜しい人材と言える。

「まあ。暴走しがちらしいけど。その辺はハンス・スエラーとかレインちゃんとか、あとキョウジくんとかに頑張ってもらっちゃおっかなぁーって」

ハンスの胃に穴が開きそうな話ではあるが、背に腹は代えられない。今回の件に関しては、辛抱(しんぼう)してもらうしかないだろう。

セルジュの話を聞き、ケンイチはしかつめらしい顔をして頷く。

「ていうか、そろそろ止めた方がいいかなぁ？　あれ」

セルジュが指差したのは、ミツバとイツカに絡まれているキョウジであった。

イツカにヘッドロックされたキョウジは、顔を真っ赤にして暴れている。おそらく、イツカの胸が顔に当たっているせいだろう。

だが、ミツバが「東京タワー！　東京スカイツリー！」という謎の呪文を唱えながら打撃を加え始めたことにより、すぐにそれどころではなくなった様子だ。比喩(ひゆ)表現ではなく、実際に岩をも砕くミツバの拳による殴打(おうだ)である。人の命を容易く刈り取る凶器、いや兵器と言っても過言ではない。

「イタイイタイイタイ！　死ぬから！　ホントに死ぬから!!」

「だいじょうぶっす！　手加減してるっす！」

「そうだそうだー！　マジでやってたら、今頃スプラッターだっつーの！」

ぎゃぁぎゃぁと叫んでいる三人を暫く眺めたケンイチは、くるりとセルジュに視線を戻した。

「ほっときゃいーんじゃねぇーの？」

「マジで？」

わりと酷いな、と思うセルジュだったが、ケンイチの言葉通りにした。巻き込まれたら堪らないからだ。

結局、キョウジは、ミツバとイッカが飽きるまでいじり倒された。その後、げっそりした顔をしていたものの、元々顔色がアレだったので、あまり目立たないのが唯一の救いと言うべきか。

この日から、日本人達はそれぞれ王都に慣れるため、都市の内部を動き回ることとなった。

皆、問題行動は慎むように厳命されていたものの、その戒めを守れる面子なわけもなく——。

結局、ハンスやキョウジの胃が荒れることになるのであった。

9　峠を走る男

ハンス達がロックハンマー侯爵の領主館を出発して、早三日。

旅程は一応順調に進んでいた。一応というのは、これから多少のずれが予想されるからだ。渡る予定の川が増水しており、渡河が難しいという。水が引くまでには数日かかるらしい。

それだけ旅程が遅れてしまうが問題はない。こういった事態を想定して、王都への到着は事情聴取の約二ヵ月前で日程を組んでいるからだ。教主が王都に入るのは、その約一ヵ月後。事情聴取の一ヵ月前だ。

情報の集積と共有に、戦闘準備。それらをひっくるめて考えても、時間的余裕はかなりある。にもかかわらず、馬車の窓から外を眺めるハンスの顔は浮かなかった。薄曇りの空を見上げ、ハンスは小さく溜め息を吐く。

そんなハンスの様子を対面に座るレインが見つめていた。

ロックハンマー侯爵が用意してくれた馬車には、ハンスとレインの二人だけが乗っている。一緒に居るのが腹心のレインだけだからか、ハンスは表情が歪むのを隠そうともしない。

ここ数日、ハネムーン妄想で脳内フィーヴァー状態だったレインも、流石に少し心配をしていた。もっとも、そういったレインの心情が顔に出ることは一切ない。彼女は筋金入りの鉄面皮なのだ。

「表情が優れないようですが」

「ん？　ああ。いや、順調すぎると思ってな」

渋い顔で言うハンスの言葉に、レインはコクリと頷いた。

レインは幼い頃、ハンスに魔法の能力を見出されて以来、ずっと傍に付き従っている。実家から

疎まれ、常に逆境に立つハンスを、一番近くで見てきた。

だからこそ、分かることがある。

ハンスにとって危険な状況や不利な立場というのは、当たり前になっているのだ。順調に物事が運び、思惑通りになっている現状は、ハンスにしてみれば、むしろ不自然。不慣れな状態なのである。それでなくても、今向かっている王都は、ハンスにとっていい思い出のない因縁深い場所だ。

何か気を紛らわせるような話題をしようと、レインは口を開いた。

「今のうちは、順調でなくては困ります。どうせ彼らは、問題を起こすでしょうから」

「彼らとは？　と、聞くまでもないか」

むろん、日本人達のことである。

彼らは今回の戦いのため、王都の中に慣れるべく動き回っているのだ。目立つ行為はしないようにと言われているが、連中が何かやらかさないはずがない。

ロックハンマー侯爵も、その辺りの事情は重々承知している。その上で、王都内を歩かせているのだ。どうせ王都は大都会である。多少のことであれば、セルジュ達でもみ消すことも、支援することも可能だ。余程の大事でない限り大丈夫だろう。

それよりも重要なのは、今回の戦いに勝つことだ。

ロックハンマー侯爵はそう考えたのである。

ハンスとしても、それには同意していた。

また、太陽教会の連中とは少人数で戦う都合上、精鋭である日本人達を動員しないわけにはいかなかった。背に腹は代えられない、とでも言えばいいのだろうか。

「順調と言えば順調ですが。彼らそのものが、不安要素の塊ですので」

「そう言われると、一気に不安になるな」

「順調とは言い難い、と言うことです。ハンス様には、彼らの手綱をしっかり握っていただかなくては」

「子供でもあるまいに……。と、言えないのも居るからな」

ケンイチ、ミツバ、イッカ、ムツキ。

この辺りは特に危ない。

キョウジとコウシロウも、なんだかんだで、やらかすときは盛大にやらかす。

ナナナも、この世界に登場したときの経緯から考えると、何かしらの事件に巻き込まれそうな雰囲気を漂わせている。

要するに、全員、しっかりと目を付けておかないと、何をするか分からないのだ。

ハンスは窓の外を見て、大きく溜め息を吐いた。

「王都に着いたら、早速様子を確認しないとな。レイン、付き合ってもらうぞ」

「もちろんです」

「静かにしていてくれるといいんだが」

フラグ的な台詞だが、ハンスの心からの願いである。

そんなハンスをよそに、レインの内心はエラいコトになっていた。

「付き合ってもらう」という単語を脳内録音し、すぐさま脳内再生しまくっていたからだ。それに旅の馬車の中で二人っきり、というシチュエーションまで合わさっている。

もはやカーニバル状態だ。

今日は街の宿で一泊する予定なので、夜は大変なことになるだろう。もちろん、レインの鉄面皮は、そんな心情を一切、外へ漏らすことはない。

ハンスはレインがエラいコトになっているとは欠片も思わずに、日本人達のことを心配するのであった。


ハンス達が渡河に手間取っている頃。

ケンイチは四天王の一匹である黒星の背に跨り、王都近郊の峠道を攻めていた。黒星は黒い天馬の姿だったが、翼を魔法で隠して普通の馬のように走っている。スピードはかなりのものだ。

何故、そんなところを爆走しているのかと言えば——。

王都にも、予想以上に早く慣れてきた。ビジュアルも言動もアレ気なケンイチだが、適応能力は意外に高い。牧場を従業員達に任せ、集中的に王都を動き回ったおかげだろう。

そうなってくると、ケンイチの中にある欲求が膨れ上がってきたのである。

近くの道を走りたい、というものだ。

ケンイチは、昔から速く走るものが好きだった。自分の足よりも、速く走るものに乗る。人間の身体能力では得られない爽快感、とでも言うべきか。

まあ、これはキョウジに「そんな感じですか？」と尋ねられたから答えた感想である。ケンイチ本人の言葉で言えば、「気持ちいいから」の一言に尽きた。

難しい理屈はよく分からないが、馬やバイク、トラクター、芝刈り機などをかっ飛ばしていると、とにかく気持ちがいいのだ。そこでケンイチは、知識が豊富なキョウジに相談することにした。何かあったときはキョウジに聞けば間違いない。それがケンイチの持論である。

案の定、キョウジは溜め息を吐きながらも、走るのに丁度いい場所を教えてくれた。どうやら、この手の質問が来ることを予想していたようで、調べはつけていたらしい。

実に手回しのいい男である。

キョウジによれば、王都から少し離れた街道に、走り屋が集まっているそうだ。そこは切り立った山の難所だという話だった。

その道を、いかに速く走破するか。

走り屋達は、それを競っているのだ。なかなかどうして、面白そうな話ではないか。

ケンイチは、早速峠道へ走りに行くことにする。選んだのは昼間の時間帯だ。

走り屋達が集まるならば夜だと考えたからである。あえてその時間帯を外したのは、まずは下見をするためである。

件の峠道は、崖沿(がけぞ)いになっている場所もあるそうで、危険度が高い。見通しのいい昼間のうちに峠道を何度か走り、体に感覚を馴染(なじ)ませる。走り屋達とのレースは、その後だ。

ケンイチは、そう判断したわけである。

ただし、ケンイチは一つ見当違いをしていた。

この世界の走り屋は、夜ではなく昼間にレースをするのだった。

いくら整備された道とはいえ、夜の道は何が出没するか分からない。肉食動物や魔獣なども活発化する。それにこの世界の走り屋達が乗るのは車やバイクではなく、馬なのである。活動時間帯が昼間の生物なので、そもそも夜は走らない。

つまりケンイチは、走り屋が居る時間帯を外したつもりが、ドンピシャで走り屋達が集結している時間帯を選んでしまったのだ。しかも、運がいいのか悪いのか。その日峠道では、走り屋達にとって大きなイベントが行われていた。

一部の貴族でさえ、お忍びで観戦しに来る、「王都峠最速決定戦」である。

文字通り、王都最速を決める祭りのようなものだ。その年、この峠道を走り抜けた上位五名のみが参加を許される、限られたつわもの達だけの戦いだった。

ケンイチはこの戦いの最中に、峠道に乱入してしまったわけだ。

道を封鎖していた者達も居たのだが、気にするケンイチではない。

それらを踏み潰し、引き倒して突破する。そして選手達がスタートを切って、加速から最高速度に乗った丁度そのとき、真後ろから追い立てる形で選手達に迫ったのである。

当然、選手達は驚いた。

まさか乱入者があらわれるとは思っていなかったからだ。しかも、今の彼らよりも速いペースで走って来る。王都最速決定戦の規定に則せば、この乱入者はただの無法者。正式な参加者とは認められず、結果に関わることはない。参加が認められれば、戦いは仕切り直されることになる。

だが、参加者達は皆、生粋の走り屋であった。

「後ろから追いついて来やがった⁉」

「上等だ、誰が一番速いか見せてやる！」

「こんなところで足を使って、後半どうなるか見物だわ」

「この峠は俺のホームだ。抜けると思うなよ」

「見ててくれ、兄さん、俺達が最速だって皆に教えてやる！」

五人が五人とも、ケンイチの乱入をあっさりと許容してしまった。それどころか、その速さ故に彼らの闘争心に火をつけたのだ。

もちろん、ケンイチはそんな彼らの心情にはまったく気づいていない。

ああ、なんか前に急いでいるらしいのが五人ぐらい居るな、という感覚である。

かくして、王都峠最速決定戦の幕は切って落とされたのだ。

この峠道の最初の難関は、「岩壁上り」と走り屋達の間で呼ばれている場所だ。急勾配の道を、何度もジグザグ状に折り返すことで上りやすくする、つづら折り、あるいはつづら折れ、と呼ばれるタイプの上り坂だ。日本で言えば、日光のいろは坂が有名だろう。

急勾配を上らなくて済むタイプの坂だが、速度が命の走り屋にとっては、攻略の難しい道であった。道の形から、カーブはどうしてもヘアピンになってしまう。従って急なカーブでは、馬は速度を落とさざるをえない。一度速度が落ちてしまえば、再び加速し直すまで時間を要する。できるだけ速度を緩めず、駆け上がりたいところだ。

だが、ここは切り立った峠である。カーブの向こうは崖になっており、日本の道のようにガードレールなどという気の利いたものはない。一つ間違えば、そのまま谷底に真っ逆さま。大怪我どころか、死の危険すらある場所だ。

「岩壁上り」に辿り着くまでに、ケンイチは二人の選手を抜き去っていた。この二人は、後ろから追い迫って来るケンイチにペースを乱され、馬を無駄に疲れさせてしまったのだ。

肝心の馬がばててしまっては立て直すのは難しい。未だレースには参加しているが、先頭集団とはかなり離されている。実質、トップ争いからは脱落したと言っていいだろう。

とはいえ、この峠道は危険なコースだ。トップ集団が自滅する可能性もゼロではない。

先頭の三人も、後続の二人も、一瞬たりとも気を抜けず、極限の緊張感が漲った状況である。

もちろん、ケンイチはそんな空気をまるで読んでいなかった。

なんか皆、すげぇ急いでるな。ぐらいの感覚だろうか。

何故、それほどの大きな意識の差があるのに、ケンイチは彼らに追いつけるのか。答えは簡単で、ケンイチ自身の技術が高いことと、乗っている黒星が優秀だからであった。

ケンイチは日本に居た頃、馬でバイクと張り合った経験もある猛者だ。そこに加えて黒星は、馬とは比べ物にならない身体能力を持つ天馬である。

そもそもの地力が違うのだ。

次第に「岩壁上り」へ、先頭集団が入って行く。誰一人として速度を緩める者は居なかった。無謀なのか、はたまた自信があるのか。

三人の操る馬は、最初のヘアピンを一気に曲がった。皆体を大きく横に倒し、馬と一体になって駆け抜けて行った。流石、年間上位の記録を出した人物達だ。

後続のケンイチは、思わず口笛を吹いた。

「おいおい、やるじゃねぇか、アイツラ！　地元の走り屋かぁ？」

「そうかもしれんな」

感心するケンイチに、黒星は若干の苛立ちを覚えた。

——自分の方が速いのに。

この瞬間、黒星の意識が切り替わった。前を走る三人を、追い抜かすべき相手として認識したのだ。最大速度を出すには、背中のケンイチに注意を促す必要がある。だが、そんなことをすれば、何をムキになっているのかと思われるかもしれない。

黒星としては、それはいささか恥ずかしい。

涼しい顔で平然と抜き去って、「やっぱり黒星が一番だ」と言わせたかった。

乙女心は複雑なのだ。

そうと決まれば、黒星は最初のカーブに差し掛かる瞬間、一気に加速した。

そして――。

体を進行方向から九十度、横へ向けたのである。

「「「「なにー!?」」」」

驚いたのは、レース参加者の五人だ。常識では考えられない動きだからである。走っていて、急激に進行方向を変えられる動物は存在する。だが、全速力の馬は、そんなに器用な真似はできない。馬とは基本的に、まっすぐに走るのを得意にした動物なのだ。

転倒、落馬。

全員の頭に、そんな単語が浮かんだ。

しかし、その予想は大きく裏切られた。黒星は体を真横に倒しながら、そのままスピードを緩めずに走り続けたのだ。蹄は、地面の上を滑っている状態になっている。

そう、ドリフト走行だ。

車やらバイクやらで、急カーブを曲がるときに使われる運転テクニックを、黒星は蹄でやってのけたのである。もちろん、普通に走ってそんな技が可能なはずがない。

黒星はしれっと、魔法を使ったのだ。

以前、キョウジから聞いた地球のレースの内容を覚えていて、密かに練習していた走り方なのである。混乱する選手達をよそに、ケンイチは驚きと喜びの入り交じった声を上げた。

「おぉー！　すげぇー！　いつの間にこんなん覚えたんだ、おめぇー！」

「キョウジ先生の話を思い出したから、少し試してみただけだ」

——それは、真っ赤なウソだった。

実際はケンイチを驚かせるために、めちゃくちゃ練習しまくっていたのだ。

ともかく、こんなものを目の当たりにした選手達は、大いに焦った。

ところが、そこは異世界とはいえ、生粋の走り屋達である。抱いた感想は皆、共通したものだった。

「な、なんて、すげぇ走りだ！　どこにあんなテクニシャンが埋もれてたっつぅーんだよ！」

「どんだけ走り込めば、あんなことができるんだ!?」

「負けない！　負けて堪るもんですかっ！」

むしろ、走り屋魂が燃え上がったのだ。

普通ありえないだろう、とか、絶対おかしい、とか。

そういったネガティブな感想を抱く者は居なかった。選手達は感性がケンイチ寄りだったのである。黒星の「馬ドリフト走行」には誰も突っ込みを入れることなく、戦いのボルテージは一気に上昇していく。

結局、最初にゴールフラッグを受けたのは、ケンイチと黒星であった。

つまり、この年の王都峠最速決定戦を制したのは、ケンイチになったのだ。とはいえ、そもそもケンイチはそんな戦いが繰り広げられていることなど、まるで知らなかった。ゴールを切ったケンイチは、そのまままいずこかへ走り去って行ってしまったのだ。

結局、優勝者は不明。

この年の王者は、謎の飛び入り参加者になった。ケンイチの名前は、記録には残らない。だが、その場に居た全員の記憶には、鮮明に残ったのである。


後日、王都の噂を整理していたキョウジは、ケンイチとこんな会話を交わした。

「そうそう、この間話した峠道。なんだか危ない人が出るらしいですよ」

「ああん？　どんなやつだぁ？」

「なんか、頭に鈍器(どんき)を載せた、ムチャクチャ速い走り屋らしいですよ。真横に走る変な馬に乗って、レースの最中に乱入してきたそうです」

「なんだぁ、そりゃぁ。カンゼンにイカれてるじゃねぇか。大体、レースに乱入なんざぁ、ろくなもんじゃねぇなぁ」

「よく分かんないですけど。気をつけてくださいね？　時期が時期ですから」

「いつもなら気にしねぇーけど、今暴れたらハンスさんに迷惑かかっからなぁ。暫く近づかねぇーようにするかぁ」

ちなみに、この謎の走り屋があらわれたのは、王都峠最速決定戦のとき、一度きりだったという。今も復活を望む声はあるものの、その正体は謎のままであった。

10　地方騎士と揃う日本人達

ハンス達は、無事に王都へ辿り着いた。

渡河に多少手間取ったこと以外、旅程は実に順調であった。

まず最初に向かったのは、ロックハンマー侯爵が王都内に所有する都市邸宅だ。王都で宿泊する際に用いられる建物で、一定以上の地位がある貴族なら一軒は持っている。そこは、爵位に見合った豪邸(ごうてい)だった。

あまり王都に上がらないロックハンマー侯爵だが、貴族である以上、相応の屋敷を構える必要があるのだ。それでも領内から外へ出る機会のないロックハンマー侯爵にとっては、今までほとんど宝の持ち腐れだったのだが、数年前からは侯爵の次男がそこに暮らしていた。

王都の国軍に所属する次男は、王城に勤めている。そのため、都市邸宅を利用しているのだ。

「といっても、今はリアブリュック公爵の長男の件で、隣国に行っているのだがね」

都市邸宅の応接間で紅茶を飲みながら、ロックハンマー侯爵は言った。

リアブリュック公爵の長男とはファヌルスのことだ。ロックハンマー侯爵は、隣国との交渉を自分の息子達に任せているのである。

「彼らは私と違って、交渉事にも長けているからね」

「侯爵閣下にそう言われてしまうと、私はどうなるのか、という話になるのですが」

ロックハンマー侯爵の物言いに、ハンスが苦笑を漏らす。

応接間には、二人のほかに、キョウジとコウシロウ、セルジュといった主だった面々が揃っていた。王都に着いて、すぐにこうして集まったのは、今後の対策を練るためである。そろそろ本格的に、どのような手段を講じるか、決めなければならない頃合いなのだ。

「まず確認を取りたいのだが、『にほんじん』の諸君は、無事に王都に馴染んだかね？」

ロックハンマー侯爵が視線を向けたのは、キョウジとコウシロウの方だ。

一瞬、キョウジは硬直した。王都での日本人達の様子を報告すべきか、悩んでいたからである。

ケンイチは、黒星とあちらこちらを走りに行っていたが、特に問題は起こしていない。

キョウジは、なんやかんやあって、ウィンタードラゴンと一緒にトレーディングカードゲームのタッグトーナメントに出場することになり、優勝している。

ミツバは、ロックハンマー侯爵旗下の兵士達と頻繁に模擬戦をしていた。どうやら、勝ったら食べ物をもらえる約束をしているようだ。

コウシロウは、出会いの顛末は不明だが、盲目の少女と知り合い、自分の店で働かせることにしていた。その目の治療をキョウジに頼み、暮らしている街への道中や、いろいろな工作についてセルジュの手を借りていたようだが、詳細は不明だ。

というより、突っ込んで尋ねたら、やばいことが出てきそうなので、コウシロウの件はあえて放置したのだ。事情通らしいセルジュとイッカが、「だいじょーぶ、だいじょーぶ」と言っていたので、まあ、おそらくは大丈夫なのだろう。

イッカに関しては、ムツキとナナナを引き連れて都市の中を、ぶらぶらと歩き回っていた。こちらは、そこら中の酒場や横丁を飲み歩いている以外、特に問題は起こしていない。

さて、なんと答えたものか。

キョウジの頭の中は、一瞬のうちにフル回転した。そして、ある事実に気がつく。

ロックハンマー侯爵は、「馴染んだか？」と質問したのだ。「何か問題行動はなかったか？」と聞いたのではない。ならば別に不安を煽るような話をする必要はないのではないか。

そもそも何か報告が必要なら、とっくにセルジュやほかの密偵が報せているはずだ。あえてここで余計な話をするのは、藪蛇(やぶへび)となりかねない。

「ええ。皆、一応、一人で動き回れる程度には慣れたようですよ」

キョウジは、しれっとした顔で言った。

嘘ではない。聞かれた質問に答えただけだ。何だか心が少し痛むが、平静を装った。

ほんのちょっぴり、大人になった気がしたキョウジであった。

ロックハンマー侯爵は、キョウジの言葉に満足そうに頷く。

「多少、問題は起きたようだが、それも想定のうちだったからね。上手く慣れたなら、何よりだと思うのだがね」

キョウジの思ったとおり、日本人達の振る舞いは、逐一(ちくいち)ロックハンマー侯爵に伝えられていた。

しかし、アレだけいろいろあったことが、少々で片付けられていいものなのか。

自分の葛藤(かっとう)は何だったのか。

そう改めて振り返り、我が身のことを、もの凄く小さく感じたキョウジであった。

キョウジが自分の存在価値について考えている間にも話は進んでいく。

「王都にある太陽教会の拠点の下見は終わったのだったね」

「コウシロウ殿に、見取り図やら警備員の配置などを確認してもらいました。実地での確認も終わっています。うちの連中、こんな楽な仕事を覚えたらもう元には戻れないって言ってましたよ。同感ですけど」

セルジュが肩を竦めて言う。

方々を動き回って忙しいはずなのだが、妙に生き生きとしている。やはり天職なのだろう。

「うむ。教主がこちらに来るのは、予定通りかね？」

これに手を上げたのは、コウシロウだった。

「今のところ、そのようですねぇ。普段から予定はあまり変えない方のようですから。急に予定が変更になる心配も少ないと思います」

「律儀で何よりだね。貴人の中には、勝手に予定を変える人物も多いから。実に、助かると思うのだがね」

ロックハンマー侯爵の言葉に、ハンスやセルジュが大きく頷いた。

二人とも所属していた国は違うものの、上層部の思惑に振り回された人間だ。戦時中に無理な作戦を押し付けられたり、戦争終結後にめちゃくちゃな仕事を押し付けられたり……。そういう意味では、彼らは似たような目に遭っているのだ。

「となると、いよいよ襲撃の計画を練る必要があるね」

「やはり、力尽くですか」

ハンスの問いに、ロックハンマー侯爵は腕を組んで唸る。

「話し合いで解決できればいいが、交渉材料がないからね」

教主は日本人のことや、浮遊島との一件をネタに脅しをかけようとしているのだが、こちら側には相手を揺さぶれるネタがないのだ。コウシロウが千里眼を駆使して集めた情報も、別段、致命的なダメージを与えられるほどの内容ではない。

太陽教会が秘密裏に画策している戦争への後押しは、ある程度以上の貴族ならうすうす感づいていることなのだ。しかも、「それが教義だ」と開き直られてしまえば、それまでの話である。今の教主が大きく手を伸ばす以前から、似たようなことはずっとしてきているのだ。

「教主の正体にしても、信憑性があまりにもないからね」

「異世界の記憶を持った生まれ変わりだとか、相手を鑑定する能力がありますとかって、言ったってなぁ。怪文書の類ですからね」

「頭でもおかしくなったのか、と疑われておしまいだと思うのだがね」

溜め息交じりに言うセルジュの言葉を、ロックハンマー侯爵は肯定する。

実際、交渉や会話での解決は不可能ではないだろう。だが、それは相当に難しいことのはずだ。

そういったことは、正直なところ、ロックハンマー侯爵やハンスの専門分野ではない。

大切な場面で、自分達の不得意な勝負をするのは、ぞっとしない話である。ならばいっそのこと、無理やりにでも自分達の得意な土俵に上げてしまう方がいい。

武勇で名を馳せる大貴族と、戦場の英雄、名うての元特殊部隊長。

そこに、化け物じみた日本人達が揃っているなら、選ぶ方法は一つだろう。

「やはり、実力行使だろうね。それが一番手っ取り早いし、私達にとってはやりやすい」

皆、異論はなかった。

ロックハンマー侯爵は全員の顔を一度見渡すと、静かに頷く。

「では、襲撃の作戦立案をしよう。それぞれ仕事にかかって欲しい」

その場の全員が、短く返事をする。

こうして、太陽教会の教主に対する攻撃の準備が、本格的に始まったのであった。


作戦立案とは、専門的な技術を要する仕事だ。

敵味方の戦力評価や戦場の把握。周囲の状況や戦闘に与える影響。そういった様々なことを考慮して、行うものなのである。

特に今回のような特殊な戦いとなると、尚更だ。どのように攻撃し、どのように目標を達成するか。プロに考えてもらうのが一番だろう。そのため、コウシロウ以外の日本人は、作戦の立案にほとんど関わっていなかった。例外としては、時折キョウジがアドバイスを求められる程度である。

つまりその間、ほとんどの日本人が暇にしていた。そこで暇を持て余したイツカとムツキは、ナナナを無理やり仲間に引き込んで、昼間から酒を飲んでいた。

相変わらず、ナナナは酒を一滴も口にしていない。二人の酔っ払いに無駄に絡まれつつ、肩身の狭い思いをしている。

ムツキはテーブルの前に仁王立ちし、大きく息を吸い込んだ。

「せーの！　イッカさんのぉー！　ちょっといいとこ見ってみたいっ！　あ、そーれ、イッキ！　イッキ！　イッキ!!」

全身を使った手拍子と、渾身(こんしん)の力を込めたイッキコールだ。普通ならば目立ちそうなものだが、店内は、昼間だというのにすでにバッチリ出来上がっている客が多く、気に留められなかった。

イッカは、おもむろにジョッキに手を伸ばす。なみなみと注がれている酒は、地球で言うウオッカのような高い度数の酒だ。イッカはそれを片手で持ち上げ、腰に手を当てて一気に呷った。

そして、ゴクゴクと凄まじいペースで喉へ流し込んでいく。

あっという間に飲み干すと、イッカは豪快に「くっはぁー!!」と息を吐き出した。

「す、すっげぇー！　さっすがイッカさんですよー！　ただ、これは特殊な訓練を積んだからこそ可能なことなので、一般の方は絶対に真似しないでくださーい！」

「一気飲みは体に害を及ぼす行為だからね！　強要はもちろん、自分でやるのもやめよう！　イッカおねぇーさんとの約束だぞぅ！」

誰に向かって言っているのか分からない台詞を吐き、イッカとムツキは快活な笑い声を響かせた。

終始引きつった顔をしているナナのことなど、お構いなしだ。

「いやぁー、しかし、いいんですかねぇー。私達、こんなダメ人間の極みみたいなことしててぇー」

「なに言ってんの。なに言っちゃってんの、もう。これ、仕事ですからね。ビジネスなのよ、ビジネス！　街に馴染むっていう立派なビズなの！　じゃなかったら、ムツキちゃんもナナちゃんも外に出られないんだからね」

「はっ！　そうだったー！　私達、ただ酒飲んで遊び歩いてるだけじゃなかったんですねっ!?」

「いえ、限りなくそのとおりだと思いますけど」

ナナナが突っ込みを入れるが、残念ながら聞き取られることすらなかった。二人とも基本的に、人の話を聞かないタイプなのだ。

「でも。物騒ですよねぇー、今回。話し合いで解決できないものなんですかね？　太陽教会と」

「また、心にもないことを」

「へっへっへ！　分かりますぅー？　まあ、所詮（しょせん）、この世は弱肉強食ですよ！　暴力じゃ何も解決しない、なんて眠たいこと言ってる人も居ますけど、暴力でしか解決しないことも、この世にはいっぱいありますからね！」

「ほうほう、たとえばどんなのよ？」

「浮遊島の一件とか？」

指を立てて言うムツキに、イツカは納得した声を上げて頷く。

その横で、ナナナはそのときのことを思い出していた。確かにあれは、話し合いでは解決しなかっただろう。というより、その段階を通り越していた。戦いでしか解決できないところまで、事態が及んでいたのだ。

それとも、何か別の話し合いで、解決する方法があったのだろうか？

あの戦い以降、ナナナはずっと自問自答していた。その答えは、未だに出ていない。

少し前まで、ナナナは日本の、普通の女子高生だった。その頃は、暴力で物事を解決するなんて野蛮だ、話し合えば人と人は理解し合える、と漠然とだが信じていた。それは、悩むほど真剣にはその問題に向き合った経験がなかったからだ。この世界に来て、様々な経験や出会いを通して、それまでのものの考え方を随分と改めるようになった。

戦わなければならない。

そういう場合もあると、今は思っている。

今回の太陽教会との一件も、もしかしたら戦わなくても話し合いで解決する方法があるのかもしれない。大人しく相手の言うことを聞けば、戦いは避けられるだろう。だが、また別のどこかで、戦争のために駆り出されることになるはずだ。

そんなのは絶対に御免だった。

だから、ナナナは自分も積極的に能力を使い、戦うことを決めたのだ。

ハンス達にもすでに伝えてある。何もしないで傍観者を決め込むのは嫌だった。

自分の処遇や運命を、他人任せになんてできない。

後悔することになったとしても、自分で決断しなければならない。

中途半端に悩み、拙い考えで行動するにしても。自分の判断なら、誰に対しても文句は言えないだろう。今、自分の中にある答えが正しいかどうかなんて、正直分からない。

あのときこうしていれば、教会と和解できて、共存の道があったのではないか。そう考えることも、将来的にはあるかもしれない。

でもそのとき、誰かのせいでああなった、などと考えるのだけは避けたい。考え続けて、悩み続けて、そのときの最善策を取るだけだ。

将来は、また別の考え方になるかもしれないが、それでいい。

こんな風にナナナが考えるようになった最も大きなきっかけは、この世界でキョウジ達と出会ったことだ。いい変化なのか悪い変化なのかは分からない。だけど、少なくともナナナ自身は、好ましい変化だと思っている。

「私達のことを利用しようとしているんですし。遠慮なく戦っていい、と私は思います」

突然のナナナの発言に、イツカとムツキは顔を見合わせた。

そして、にぃっ、と口の端を吊り上げる。

「そうねぇ。いいようにされるっていうのは気持ちよくないわなぁ」

「悪役ジジィの好きにされるのは、ちょっとアレですよねぇー。イケメンだったら考えますけどぉー？」

ニヤニヤしながらそう言った後、ムツキはふと真顔になる。

何事かと注目するイツカとナナナだったが、案の定ろくなことではなかった。

「教主ってもしかして、イケメンですか⁉」

「いや、髭のジジィだって聞いたけど」

「よし、殺しましょう」

「ゆがみねぇなぁ!!」

若干ドヤ顔で言うムツキに、イッカは笑いながら突っ込みを入れる。

ナナナも、顔を引きつらせながらも笑っていた。

「随分、物騒な話をしているな」

三人は一斉に、その声の主を振り返った。

ハンスとレインだ。

イッカは二人の姿を見ると、目を丸くする。

「おー。どしたんです？　二人して。デート？」

「違う。三人を呼びに来たんだよ」

速攻で否定されて内心打ちひしがれるレインだったが、やはり表情には一切出ていなかった。

ムツキは、内心「すげぇーなぁ」と思ったものの、こちらも口には出さない。もし、うっかり漏らそうものなら、その場でレインに叩き切られるだろう。

「多分」とか、「おそらく」といったものが付かない辺り、レインへの理解があらわれている。

「え？　なんかありました？　やばいこと？」

眉根を寄せるイッカに、ハンスは首を横に振った。

「いや、そういうわけじゃない。おおよその作戦の概要が決まったから、打ち合わせをしようと思ってな」

「あー。え？　っていうかそれ、私達が帰ってからでも、よかったんじゃないですか？」

不思議そうに、ムツキは首を捻った。

それは太陽教会と戦うための打ち合わせだ。確かに大切なことだが、まだ時間はある。そこまで急ぐことではないはずだ。

「それだとお前達、べろべろに酔っ払ってるだろう」

「なるほど」

イツカとムツキが戻るのは、いつも完全に酔っ払った後だ。とても話ができる状況ではない。

付き合わされているナナナは思わず納得する。

「それに、一度全員で集まるのもいいだろう、という話になってな」

「全員？　ですか？」

首を傾げるナナナに、ハンスは大きく頷いた。

「私と、レイン。それから、『にほんじん』七人。全部で九人か」

「ああ、その全員ですか。確かに、あんまり集まったこともないですねぇ」

ムツキは首肯する。

日本人達は普段、それぞれ仕事を持っている。ムツキとナナナは少し特殊で、牢獄の中だ。全員が一堂に会したのは、ナナナが作った巨大人工島での一件ぐらいだろうか。

「んなら、善は急げといきますかぁ！」

「ハンスさん、お会計お願いしまぁーす！」

言うが早いか、イツカとムツキは席を立つと、凄まじい速さで店外へ走って行く。唖然とするハンス達をよそに、まるで申し合わせたかのような連携プレイであった。

「ちょっ、速いなっ！　まったく！」

ハンスは呆れた様子で頭を掻く。

きょとんとしていたナナナは、思わず笑いをこぼした。


ハンスとレイン、日本人達七人が集まったのは、王都ダンジョン内にある一室である。

広い作りになっているそこは、会議室などとして使われていた。

「なんか、こうして集まると全員、濃いよね」

酒瓶を抱えたイツカがケラケラと笑いながら言う。

確かに色の濃い面子だ。一度会ったら忘れないような、インパクトの強い人物が多い。もちろん、イツカ本人も、その中に含まれている。

「まあ、確かに濃いのは間違いないだろうな。何しろ七人全員が、異世界から迷い込んできたんだ」

七人の顔を見回して、ハンスが苦笑いを浮かべる。

本当は、この中に若干一名日本人の転生者が交じっていることを知っているキョウジだったが、口には出さなかった。レインのことは、秘密にしなければならないのだ。

もしキョウジの口からその事実が漏れれば、キョウジは確実にヤラれるだろう。最悪、殺されないまでも、生まれてきたことを後悔するような目には遭わされる。

相手はほかならぬレインなのだ。「多分」や「おそらく」はない。キョウジにはその確信があった。

それに暴力を振るわれるからとか、痛いのが嫌だからといった保身以前の問題として、レイン自身がその事実を他人に知られたくないのである。そういった個人の気持ちを尊重するのも大切だ、とキョウジは考えていた。決して、レインに定期的に脅されているからではないのだ。

とはいえ、昨晩も五寸釘(ごすんくぎ)を片手に、しっかりと言葉で釘を刺されていた。何故、キョウジを言いくるめるためにレインが手に五寸釘を持っていたのかは、永遠の謎だ。使う素振りも見せなかったし、当然、使ってもいない。ただ持っていただけなのである。

それが余計に怖かったので、絶対に黙っていると約束した。あまりの迫力に、「能力だけでも知っておいた方がいいのでは」とすら言えなかったが、それも仕方のないことだろう。

実は、レインには日本人独特の能力があるのだが、本人の心情なのか、その内容を知りたがらないのだ。おそらく、日本人だと少しでも疑われるのが嫌なのだろう。

そんなことを考えていたキョウジの背中に、すっと冷たいものが走った。反射的に視線を動かすと、その先にはレインが居た。

まったく感情の読めない目で、まっすぐにキョウジを見据えている。キョウジは穏やかな笑顔で、ゆっくりと視線を外した。

レインのことは、墓場まで持っていこう。

改めて、そう決意した瞬間であった。

キョウジが、そんな大切な決断をしていることを知ってか知らずか、ハンスは真顔で話し始める。

「改めて言うのもなんだが、お前達は一応一般人だ。約二名、収監中の囚人も居るが」

全員の視線が、ムツキとナナナに集まる。

ナナナは体をビクつかせ、ムツキは何故か照れ笑いを浮かべている。

「だからこそ。今さらな話だとは思うんだが、確認しておきたい。参加するか、しないか」

何故わざわざこんな質問をしたのかと言えば、今回の戦いは初めてナナナが積極的に関わることになるからだ。

ぶっちゃけた話、ほかの連中は、それを聞く必要があるようなタマではない。一度、敵と認識すれば、容赦(ようしゃ)なくぶちのめすことに抵抗のない連中である。

一般人として、その認識は逆にどうかとも思うハンスだったが、まあ、こういう場面では頼もしいので、よしとしよう。

「売られたケンカは買うのが筋だからなぁ」

「僕は、平穏な暮らしを守りたいだけなんですけどね。その生活を邪魔されるなら、それなりに動きますよ」

ケンイチは当たり前だ、と肩を怒らせた。

その横で、キョウジも大きく頷いている。

「ハンス隊長をワナに嵌めようってことは、自分達ともやり合うってことっす！」

「好きにされるのを座して待つと言うのも、性に合いませんからねぇ」

ミツバは腕を組み、胸を張って声を上げた。

コウシロウはそんな様子を見ながら、嬉しそうに笑顔を作る。

「危険から身を守るのは、ダンジョンマスターの本能なのよ？　最近、酒飲みの方が本業だけど」

「イケメンならともかく、ヒヒジジィに興味はありません！」

イツカとムツキが、人の悪そうな顔をする。

最後に残ったナナナは、大きく息を吸い込み、静かに吐き出した。強く何かを決意したように険しい表情をすると、キッと顔を上げる。そして、口の端を無理やり吊り上げた。

「好き勝手にやられるぐらいなら、こっちが好き勝手やってやります」

その答えを聞いたほかの日本人達の反応は、それぞれだ。だが、誰もが一様に楽しそうな、好意的なものばかりである。

ハンスは苦笑を浮かべると、小さく首を横に振った。

「まったく。周囲の悪影響だな」

そんなハンスの呟きに、レインは静かに首肯する。

「では、説明を始めよう。今後細かな変更はあるだろうが、おおよそは変わらないはずだ。頭に叩き込んでくれ」

ハンスの言葉に、日本人達は各々返事をした。

11 教会を襲う四匹

王都近くにある、太陽教会が有する教会。

そこに、馬車のようなものが近づいて来る。こう表現を曖昧にしたのは、それを引いていたのが馬ではなかったからだ。

巨大な体躯に、二本の角を持った六つ足の異形。明らかに魔獣の類である。高さだけで人の数倍はあるだろう。

魔獣が引くものは、やはり巨大であった。一軒の家に車輪を取り付けたぐらいの大きさだ。その側面中央、一際目を引く場所に掲げられているのは、太陽を模したエンブレムである。

それは、その馬車のようなものの中に、太陽教会に所属するかなり高位の人物が乗り込んでいることを意味していた。

魔獣車、とでも言えばいいのだろうか。

その周囲を取り囲んでいる者達が居る。彼らは一様に、黒く染め抜かれた太陽教会の僧衣を身に着けていた。規律正しく動くその姿は、僧というよりも兵士にも見える。

黒い僧衣達に守られた魔獣車は、ゆっくりと教会の中へ入って行く。


そんな様子を王都ダンジョンの作戦司令室で眺めていたイツカは、酒瓶を抱えながら首を傾げた。

「なにあの中二病の集団。超こえぇ」

「ありゃぁ、太陽教会の異端審問官だなぁ。実状は敵対勢力と戦うための兵力だって話よ？」

イツカの隣に座っていたセルジュが、説明を入れる。

その手には、イモを薄く切り油で揚げたもの。要するに、ポテトチップスが摘まれていた。

彼らが見ているのは、隠密行動用ゴーレムから送られてきた、現在の映像だ。周囲では、兵士達が忙しそうに動き回っているのだが、セルジュもイツカもゆったりと構えている。

二人の横には、レインも座っていた。黙々とお茶を飲んでいる様子からは、やはり感情の機微は読み取れない。

「多分、あの馬車の化け物みたいなヤツの中には、〝聖歌隊〟が乗ってるんだろうねぇ」

「なにそれ。歌とか歌う人達？」

セルジュの言葉に、イッカは首を傾げる。

その疑問に答えたのは、レインだった。

「太陽教会の護衛部隊のようなものです。遠距離攻撃や遠話など、身体強化以外の魔法を使うことができる人員のみで構成されているそうですが」

「えーっと、ハンスさん達の国で言う騎士みたいなものなの？」

ハンス達の国において「騎士」とは、一人で魔法使い複数を相手に戦える、高い戦闘能力を有する個人に与えられる称号であった。

イッカの問いに、レインは小さく頷き、ただ、と付け加える。

「錬度は私達よりずっと劣るようですが」

「そりゃ、レインちゃん達みたいのがわんさかと居たらやってられないっつーの」

敵として騎士と対峙したこともあるセルジュが、苦笑を漏らす。

「つか、聖歌隊の方々はあっちも兼ねてるみたいよ？　教主サマの夜のお相手的な？」

「あー。ちーとはーれむってやつですな？　そりゃ業が深い。っていうか、ウラヤマけしからん」

セルジュとイッカは、何やら意味深な表情で目配せをし合う。

「教主サマもおさかんじゃのぉ！」

「何度も若返ってるみたいだしぃ？　あっちの方も人一倍なんじゃない？」

ぐふぐふと不気味な笑いを浮かべるセルジュとイツカ。

レインはそんな二人を完全に無視して、モニターを見据え続ける。

「問題なのはそういった連中よりも、教主お抱えの〝影の男〟ですね」

「もう、レインさんってば、ノリが悪いわぁー」

「まあ、でも実際やばいのは確かにその連中ぐらいなんじゃないの？　後はなんだかんだ言って、ほら。素人ですし？」

肩を竦めるセルジュに、イツカが難しそうな顔をする。

確かに、セルジュやハンス、レインといった面々は荒事のプロだ。その実力は、イツカ自身も経験からよく知っている。だが、イツカを含む日本人達も、素人と言えば素人なのだ。直接、敵と戦うことになる日本人達は、かなり危険な目に遭うかもしれない。

ケンイチ、ミツバ、コウシロウ、ムツキ。

この四人あたりだろうか。

「あれ。ケンイチさん達も素人なのに勝てそうな気しかしない」

「そもそも普通の人間の感覚で数えちゃだめだろ、『にほんじん』は」

「はなはだ遺憾ではありますが、そのとおりですなぁ」

何やら笑い声を響かせ合っているセルジュとイツカを尻目に、レインはゆっくり立ち上がった。

それを見たセルジュも、思い出したように立ち上がる。

イッカはそんな二人に、ひらひらと手を振った。

「いってらっさい。お土産よろしくねぇー」

「分かりました。活きのいい教主をお持ちします」

「お、レインちゃん言うねぇー」

セルジュとイッカは面白そうに笑った。

実際、二人はこれから教主を連れて来ることになっている。正確には、太陽教会を襲撃するのだ。目的は、教主の捕縛である。

作戦司令室を出て行く二人の背中を見送ったイッカは、大きく伸びをした。抱えていた酒の瓶に蓋をすると、「さて」と声に出す。そして、目の前の机に置いてあった球体、能力の外部装置であるジャビコを叩いた。

「はじめますかぁー」


教会の中にある一室で、教主は大きく体を伸ばした。

多少節々は固まっているが、肉体的には特に支障はない。だがそれは、あくまで体感にすぎないものだ。教主は、自分の感覚を信用していなかった。そこで自分自身に向けて、能力を使用する。

「鑑定」の結果が表示されたステータス画面を眺め、教主は満足気に頷く。状態異常などは特になく、体調はすこぶるよい。忌々しい「老化」の文字も、浮かんでいなかった。数年後にはあらわれるだろうが、準備はできている。

自分のための新しい戸籍も用意してあった。教主の次の身分は、とある国の貴族の五男坊だ。その一族は、完全に太陽教会の傀儡となっている。太陽教会は幾つかの国に、そういった貴族を持っていた。これもまた、教主が長年かけて仕込んできたものである。

「教主様、お疲れですか？」

そう声をかけてきたのは、心配そうな顔をした少女だ。彼女以外にも、何人かの女性が気遣わしげに教主を見つめている。

彼女らは皆、教主が自らその力を見出した者達だ。奴隷商に売られそうになっているところを、あるいは、飢えて死にそうになっているところを教主に救われたのである。恩を返すべく、彼女らはその能力を、命を、教主に捧げているのだ。

もっとも。

彼女らの不幸な境遇は、実のところ、教主の手回しによるものだった。彼女達自身とその魔法を手に入れるための、いわば少し手の込んだ工作である。

「ああ、心配ないよ。少し疲れただけだからね」

教主が微笑みかけると、聖歌隊は安堵の表情を見せる。皆、教主に心酔しきっていた。それは「鑑定」で確認済みだ。

さて、この後はどうしよう、などと考えながら、教主は窓の外へ目を向けた。

夜半の空に雲はなく、星が瞬き、月が輝いている。そんな教主の頭に、ふと古い記憶がよみがえった。地球で学生をしていた頃に教師から聞いた歌だ。

「望月の欠けたることもなしと思えば、だったかな」

誰の歌だったかは、思い出せない。ただ、その字列だけが教主の頭に浮かんだ。

すべては順調である。

今回、わざわざこの国に来た用件についても細工は流々だ。あとは、いつもどおりやればいい。

ファヌルスの消息は不明のままだが、まあ、おそらく死んだのだろう。ただ、あれは正直手に余る化け物だった。生きていたら生きていたで、お互いに利用価値はあったものの、死んでくれて正解だったかもしれない。

それにしても、一体あの浮遊島は、どうやって敗れたのか。

十中八九、何かしらの事故か、あるいは偶発的な要因に違いない。そこを、あの地の日本人達に付け込まれたのだ。報告によれば、確かに厄介そうな能力ではある。敵対するのは、まずいかもしれない。

彼らが今まで何もしていないのは、ハンス・スエラーとかいう辺境の騎士と、ロックハンマー侯爵らが上手く手懐けたのだろう。そうだとすれば、その環境ごと押さえて、取り込んでしまえばいい。人間、生きていれば、義理もできれば絆もできる。そういったものを利用し、外堀から埋めてやるのだ。

しかる後、相手が妥協できるぎりぎりの要求を呑ませていく。利用し、利用され、いつの間にか取り込む。それが、教主の築き上げてきた手口だ。

これまでと同じやり方をすればいい。相手はこちらの正体にすら気づいていないだろう。

そして、気づいた頃には、すでにこちらの手のうちに落ちているのだ。

今回も上手くいく。教主には、その確信があった。

何もかも順調、思惑通りに進んでいる。

そのとき、星空に変化が起きた。突然、月と星が消えたのだ。

「なんだ？」

教主は不思議そうに首を傾げた。しかし、それほど気に留めなかった。

少し空が暗すぎる気がするが、おそらく雲でも出てきたのだろう。

それは間違った認識であったが、教主の人生に「暗雲」が立ち込めた、という意味においては、正しい理解であった。


地面の上に胡坐をかいたムツキは、両目を閉じて唸っていた。

背後には巨大な黒い壁がそそり立っている。金属とも石材とも違う。艶の一切ないそれは、ムツキが魔法で作り出した超強力な「バリア」であった。ムツキ達は全員、そのバリアの内側にいる。

複数の魔法を同時起動して発現させた魔法壁で、光、音、物質、魔力など、様々なものを遮断する効果がある。近づけば壁にしか見えない。距離を置いて眺めれば、僅かに湾曲していることが分かる。それがドーム状に広がり、太陽教会の建物と周辺の敷地を、すっぽりと覆っているのだ。

これが、星空の消えた理由であった。

「どんな感じです？」

声をかけられたムツキは、ちらりとその方向へ目を向ける。

しゃがみ込んでムツキを見ているキョウジであった。

ほかにもムツキの周りには、今回の戦いに参加する面々が集まっている。

「やっぱりあれですね。結構辛い感じですよ、これは。これだけデカイものを維持しながらだと、流石に戦えないです。東京ドームぐらいのデカさなんじゃありません？　このバリア」

「東京ドームぐらいって、正直どのぐらいなのか分からないですよね。まあ、とにかく第一段階。囲い込みは成功、ですか」

ムツキのたとえに、キョウジは苦笑した。

この「バリア」は、外からの攻撃に対応して張られたものではなかった。中の人間を外に逃がさないために作り出された、魔法の檻なのだ。

「教会の建物ごとバリアで覆って、一人も逃がさないようにする。バリアの外側には、教会の絵を貼り付けてカモフラージュする。ダレよ、そんなこと考えたの」

「僕ですけど。いいアイデアでしょう？　敵は逃がさず邪魔されずですよ。この世界では、目撃者や証言者が居なければ、事件なんて起こってないのと同じなんですよ」

げっそりしたムツキに、キョウジはにっこりする。

ムツキが言ったように、バリアの外側には、いつもどおりの教会の姿が浮かび上がっていた。擬態系統の魔法の効果であり、余程近づかない限り違和感を持つ者はいないだろう。内部の音や光は「バリア」によって遮断されるので、中で派手な戦いが起こっても、外にばれる心配もない。

「無事に目的地に到着して、一安心。そこがこっちの狙い目なんですよ。人間っていうのは、緊張の後はどうしても弛緩しますからね。皆枕を高くして僕をハメる夢を見ていればいいんだ。気がついたときには、第二さわやか監獄の中さ。ふふふ」

「わぁお。キョウジ先生、決まっちゃってるぅ」

何やら暗い顔で笑い始めたキョウジに、ムツキは顔を引きつらせる。

いつもと今は、反応が逆になっていた。

「確かに。上手く夢を見てくれるといいんだがな」

ハンスがキョウジの横にしゃがみ込んだ。

後ろには、レインが休めの姿勢で立っている。

ハンスが声をかけたことで現実に戻ってきたのか、キョウジは不気味な笑いを引っ込めた。

「その辺は問題ありませんよ。狙う相手は一般の聖職者の方だけなわけですし。なんかあのー、中二病っぽい異端審問官だか、聖歌隊だかって人達はスルーする手はずですからね」

「確かに中二病ですよね。絶対に教主サマのシュミですよ、名前のセンス」

「何か分からんが、ひどい暴言のようだな。ちゅうにびょう、というのは」

キョウジとイツカの物言いに、ハンスは苦笑いする。暴言かどうかの判断は難しいところだが、まあ、少なくともいい意味ではなかった。

その横でレインが僅かに顔を上げ、眉間に指を当てた。遠話魔法を使っている印だ。やり取りはすぐに終わったのか、レインはハンスの方へ顔を向けた。

「ハンス様、そろそろ取り掛かるとのことです」

「そうか。問題なくやり終えてくれるといいんだがな」

ハンスが返答すると、ムツキとキョウジがぎょっとした顔になる。

「ちょっと、やめてくださいよ！　私、このバリア維持するために、ここから動けないんですから！」

ムツキの魔法に関する能力はすこぶる高いのだが、それでもこのバリアを維持するのは、かなり苦労するらしい。不意に集中力が切れると、魔法が解けてしまう恐れがあるため、今回は直接の戦闘はせず、裏方に徹するという。

「ハンスさんが言うと、フラグになりますからねぇー」

キョウジの指摘に、ムツキがぶんぶんと首を大きく縦に振る。

「何かよからぬイレギュラーが起きたらどうするんですか！　動けない私がとばっちりですよ！」

「あのなぁ。お前達、人のことを何だと思ってるんだ？」

「超ついてない人だと思ってますけど」

真顔で言うムツキに、ハンスは表情を引きつらせる。幾らなんでもそれは酷いのではと、ハンスはキョウジに同意を求めた。

だが、キョウジは目が合いそうになった瞬間、素早く顔を背ける。肩が微かに震えているあたり、どうやらキョウジもムツキと同意見のようだ。

ついでハンスは、レインの方へ視線を転じる。結果は、レインもほかの二人と同じ考えだったらしい。素早く別の方向へ顔を背けられてしまった。

ハンスは暫く思案した後、おもむろに口を開いた。

「安心しろ。この作戦は１００パーセント上手くいく。失敗する要因がないからな」

「ちょっ！　やめてくださいよ、不吉ですからっ！　私、動けないんですよ⁉」

「ハンスさんが言うと、洒落にならないんですからっ！」

再び抗議してくるムツキとキョウジを見て、ハンスは意地悪く笑って見せた。

ぶっちゃけた話、ハンス自身、不幸体質だという自覚はあるのだ。それでも、今回は大丈夫だと、ハンスは思っていた。

次に出番となる四匹は、本来、人間など相手にならないような、文字通りの化け物なのだ。

教会の門前に向かって、四匹の魔獣が歩いていた。

正確には歩いている四匹のうちの一匹が、五匹目の魔獣を小脇に抱えているのだが、まあ、その一匹はおまけのようなものである。

この四匹の魔獣とは、ケンイチのところの四天王だ。それぞれに殺気だった物騒な気配を漂わせ、牽制（けんせい）するようにガンを飛ばし合っている。

場所が場所のためか、一応、四匹とも人間の姿に変化していた。黒星が小脇に抱えたウィンタードラゴンも、人間の姿だ。

そのウィンタードラゴンは、四匹を見回して顔をしかめた。

「のぉ。何で、わしまで付き合わされとるんじゃ。おぬし達だけでやればいいじゃろ」

「うるさい黙れ」

ぴしゃりと言い放つ黒星の言葉に、ウィンタードラゴンは言葉に詰まる。

いつもならここでさらに反論するところだが、今日は四匹とも纏っている空気が異様に重かった。決闘にでも赴かんばかりの血腥（ちなまぐさ）いオーラを感じる。

ただし、それは普通とは少し違う種類のものであった。黒星は、左右の面々に目をやり、ゆっくりと口を開く。

「いいか。今回の仕事は、魔法に耐性のない人間を片っ端から気絶、あるいは眠らせることだ」

重要任務を確認するような黒星の言葉に、ほかの三匹は大きく頷く。

彼女達に任された仕事は、言ってみれば露払いのような役目だった。今回の戦いの舞台である教会は、いつもはごくごく普通の教会として機能している。つまり、元々そこに暮らしている人間は、善良な一般の教会関係者なのだ。ハンス達が敵とする相手ではない。むしろ、ハンス達と教主との戦いに巻き込まれた、被害者と言える。

とはいえ、教会を襲撃する以上、そういった聖職者達も無関係というわけにはいかない。幾ら教主との戦いが理由とはいえ、彼らを無駄に傷つけるのは本意ではなかった。

さて、どうしたものかとなったときに、白羽の矢が立ったのが彼女達であった。

魔獣である彼女達は、様々な魔法が使える。その中には、人間を気絶させたり、眠らせたりする種類のものもあった。魔力抵抗の弱い人間にしか効かないという制約はあるものの、教会内の「戦いに関係のない聖職者」達には、十二分な効果が期待できる。

「魔法が効かない人間はどうすればよいか。分かっているな？」

「戦わないで、ほっとけ。って言うんでしょぉー？　分かってるってばぁー」

肩を竦めて言ったのは、クモ女だ。彼女の言うとおり、四天王は魔法で無力化できなかった敵との戦闘を禁止されていた。

理由は、ごく単純。

彼女達は、手加減が恐ろしく苦手だったからである。強力な魔獣である彼女達にとって、人間はあまりにも脆すぎた。手を抜こうにも、簡単に殺してしまう。

それは今回の場合、大変都合が悪い。

「でも、ヘッドも毎度毎度、難儀よねぇ。また殺さないで捕まえろ。って言うんでしょう?」

吸血鬼は溜め息交じりに首を振る。

今回もハンス達の方針は、「できるだけ、殺さずに捕まえる」と言うものであった。難しくはあるがメリットは確かにある。

何しろ教主は、方々の弱みを握っている人物だ。それを押さえれば、まるまるその情報を手に入れることができる。人質になるわけだから、太陽教会との交渉にも役に立つだろう。

「まぁ、おかげでこっちにも仕事が回ってきたんだもんなぁ。だから勝負だってできるんだしよぉ?」

アースドラゴンの意見に、ほかの四天王達は目を鋭く細める。彼女達四人は、今回の仕事の出来の良し悪しで、勝負をすることにしていたのだ。

ルールは極簡単。戦闘不能にした人間の数が、一番多い者が勝ち、と言うものだ。勝者には、ケンイチと芝居を観に行く権利が与えられる。

どうして、そんなことになったのかと言えば、やはりキョウジが関係していた。

トレーディングカードゲームの大会に出場したキョウジは、その副賞で芝居のペアチケットを手に入れていたのだ。自身は興味がないとかで、そのチケットをケンイチに渡したのである。

芝居のタイトルが「牧場一代男　～牛追い谷の決闘～」という牧場関係のタイトルだということもあり、ケンイチは大いに楽しみにしていた。だが、チケットはペアであり、一緒に観劇に同伴できるのは、もう一人だけに限られていた。

さて誰を誘おうか、となったときに、キョウジがある提案をしたのだ。

勝負をして、一番になった者が、そのチケットの権利を得る、と。

正直なところ四匹とも芝居自体には、ほとんど興味はなかったが、「ケンイチと二人で芝居を観に行く」というのには惹かれた。それこそ、王都が「四大魔獣大決戦」の舞台になりかねないほどに。

ともすれば直接的な殴り合いで解決しそうな四匹にこの話を呑ませたのは、流石はキョウジといったところだろうか。

とにかく。四匹にとってこの仕事は、負けられない勝負でもあるのだ。

「まあ、私が勝つのはかたいんですけどねぇ？　だって。こういうのは吸血鬼の独壇場でしょう？」

吸血鬼が、妖しく目を輝かせる。

「はぁー？　蜘蛛の毒と糸。舐めてんじゃないのぉ？」

対抗するように、クモ女が口の端を吊り上げた。

「ドラゴンのブレスってぇのにもいろいろあるって、見せてやるとするかなぁ！」

大きく腕を回しながら、アースドラゴンが笑い声を響かせる。

そうこうするうちに、教会が近づいてきた。門の前を守っていた数名の黒い衣装の僧兵が、険しい顔をして四匹に注目する。

黒星は小さく何かを呟き、手を振るった。指先から黒い雲状の何かが尾を引きながら、僧兵達の方へ伸びていく。その雲はあっという間に、僧兵達を搦め捕ってしまう。

すると、僧兵達は悲鳴を上げる暇もなく、ばたばたと倒れていった。

「まずは五匹か。張り合うのはいいが、仕事はしっかりとこなせよ」

「分かってるわ。って！　黒星！　貴女、何さらっと抜け駆けしてるのよ!!」

吸血鬼が叫ぶが、黒星はそれを一切無視してスタスタと歩き始める。

「きゃつらが勝手に飛び出してきたのだ。いいから早く仕事をしろ。ヘッドが待っているんだぞ」

「はぁー!?　ぜんぜんハンセーしてねぇーし！　っつーか故意犯なんじゃねぇー!?」

「オマエ、しれっとした顔で、そういうことさらっとやるよなぁ!!」

「うるさい早い者勝ちだ」

クモ女とアースドラゴンも抗議の声を上げるが、やはり黒星は聞く耳持たずだ。それに、黒星が行動を起こしたことで、人間達もにわかに騒がしくなり始めている。こんなところで揉めているよりも、早く仕事に取り掛かった方がよさそうな気配だ。

「ちっ！　いいわっ！　夜は吸血鬼の時間だって思い知らせてやるからっ！」

「きっちり勝って、後で吠え面かかせてやるしっ！」

それぞれに言い放つと、吸血鬼は体を無数のコウモリに、クモ女は大量の蜘蛛へと変質させ、教会の中へ突入する。アースドラゴンも、大股で教会の中へ走って行く。勢いよくドアを蹴破ったのは、手間を省くためだろう。

そんな三匹を見送った黒星は、抱えているウィンタードラゴンの耳元に顔を近づけた。

「手はずどおり、貴様も私の手伝いをしろ」

「おぬし、時々こすいこと思いつくよな」

じっとりとした目で黒星を見ながら、ウィンタードラゴンは疲れたように溜め息を吐いた。

12　歯噛みをする老人

突然起こった異変に、教会の内部は大変な騒ぎになっていた。

まず、月と満天の星が輝いていたはずの空が真っ暗になった。何事かと外を見ていた人々を襲ったのは、大量のコウモリと蜘蛛だ。

唖然とする人々だったが、すぐにぼうっとしている場合ではないと危機感を募らせ始めた。コウモリと蜘蛛にたかられた者がバタバタと倒れていく。明らかにおかしい。

すぐに事態を収拾しようとする僧兵や、教主を守るために控えていた異端審問官らが動き出すが、コウモリや蜘蛛は彼らに対して奇妙な動きを見せた。そういった相手には一切近づかず、むしろ避けて動いているのだ。一体どういうことなのか。

多くの者が混乱する中で、異端審問官の一人がサッと表情を青くした。相手の正体に気がついたからだ。

「吸血鬼だっ！　年を経たコウモリの魔獣！　それに、アルケニー！　クモ女の魔獣じゃぁないかっ!!」

まさに異端審問官の言うとおりであった。

だが、その言葉が周囲を混乱の坩堝に変える。突然目の前に、自分達の命を容易く刈り取る化け物があらわれたのだ。

そこに拍車をかけたのが、乱入して来たアースドラゴンと黒星であった。二匹とも、人間の姿を取るのをやめ、魔獣の姿で動き回っていたのである。

流石に建物の中なので、体のサイズは小さくしていたが、外見は完全に、ドラゴンと天馬だ。どちらもこの世界では、凶悪な魔獣として知られる存在であった。

吸血鬼、クモ女、ドラゴン、天馬。

単体で軍が出張ることになるほどの、掛け値なしの動く災害だ。

異端審問官らは、「一体何故そんなものが、よりにもよって教主様がいらしたときに!?」と泡を食った。何とか対抗しようと、僧兵と異端審問官達が動き出す。ところが、近づこうとすれば逃げられ、相手にすらされない。それでもなんとか攻撃しようとするものの、屋内ではほかの聖職者達が視界に入ってしまい、ろくな攻撃もできず動きが制限されてしまう。

何故、こんな奇妙な襲い方をするのか。誰もがそう疑問に思った。

一般の聖職者達はただただ逃げ惑い、次々に倒れていく。そんな中でも異端審問官達は、なんとか自分達の使命――つまり、教主を守ろうと次の行動を起こした。

まず、教主が休んでいる部屋へ向かい、その周りを固めていく。これは思いのほかスムーズに行えた。どういうわけか、コウモリと蜘蛛は、その部屋を避けていたからだ。

教主の近くに居た聖歌隊も危険を感知したらしい。異端審問官達が部屋へ着いたときには、すでに聖歌隊はそれぞれの魔法を展開し、防御を整え終えていた。駆け込んで来る異端審問官達の姿を確認した聖歌隊は、困惑の声を上げる。

「一体何事ですか！　下が騒がしいようですが！」

教主達の部屋は、建物の上層階に位置していた。魔獣達が暴れ回っているのは、一般の聖職者達が居る下層階だけであり、何が起こっているのか分からなかったようなのだ。

「魔獣です！　魔獣が襲って来たのですが、そのっ！」

異端審問官は、状況をありのままに説明する。

聖歌隊は訝しげな顔をした。強力な力を持つ魔獣が、僧兵や異端審問官を避けながら、非戦闘員だけを襲っているという。

「そんな、バカなことがっ！」

「いえ。どうやら本当のようです」

「バカな事を言うな」と、声を荒らげかけた聖歌隊の一人を宥めたのは、教主であった。異端審問官の報告を鵜呑みにしたわけではない。教主は異端審問官を「鑑定」し、嘘を言っていないことを確認したのだ。

「ですが、だとしたら一体、何がどうなっているんでしょう？」

それは誰もが知りたいところだ。だが、残念ながら答える者はなく、重たい沈黙だけが流れる。

教主は表情には出さず、心の中で地団太を踏んだ。あまりにも、相手の意図が見えなかったからである。

とはいえ、敵が自分の目の前にやって来れば、「鑑定」で目的も分かるかもしれない。相手の姿を視認している間しか発動できないという制約はあるものの、それさえ満たせれば問題ない。

しかし、肝心の魔獣がこちらに近づきもしないのでは話にならなかった。

「教主様！　このままでは埒が明きませんっ！　今すぐこの場所から離れていただくか、いっそ、王都の衛兵を呼んでは！」

「ですが、それでは……！」

一人の提案に、周りの者達がざわめいた。

太陽教会が所有するこの施設は、僧兵などを配することで独自の防衛力を持っていた。そんなことを許されているのは、太陽教会の影響力の高さ故だ。にもかかわらず、外に助けを求めるというのは、自衛できなかったことを認めることになる。

言ってみれば、太陽教会の恥にもなりかねない。この場に居るほとんどの者が、まずそれを考えた。

だが、教主は違っていた。

「王都へは、人をやらねばなりませんね。ここが襲われているということは、王都も安全ではない恐れがあります。無辜の民を救うことも、我々の役目でしょう。まずは、王都へ人を派遣して確認をしなさい」

冷静さを装い、口ではそんな指示を飛ばしている教主だが、腹の中では周囲の部下達への罵詈雑言が渦巻いていた。


この部屋が無事なら離れたくないわっ！

っつーか、逃げた先にも敵が居るかもしれねぇーだろ、ダボハゼがっ！

いいから、さっさと安全そうな場所を探してこいや、バーカ！


正直なところ、教主としては一般聖職者や民がいくら死のうがどうでもよかった。関心があるのは、太陽教会に対する評価と自分の命だけなのだ。

異端審問官達は、教主の言葉をすぐさま実行に移す。大雑把な指示さえ出してしまえば、後は自分達で判断して行動できるというのは、彼らが優秀な部下である証拠だろう。そういう意味では、教主は異端審問官達を信頼していた。元来、彼らは自分よりよっぽど賢い者達なのだ。

彼らより自分が落ち着いていたり、物事を知っていたりするのは、ただ単に長く生きているからだと、教主は考えていた。何しろこの連中は、「二度目の人生」で今の地位に上りつめたのだ。妖しげな能力を使い、何度も人生を繰り返し、必死の思いで教主の座を手に入れた自分とは、人間の出来が違う。

教主は、そんな優れた連中を顎で使える、今の立場がとても気に入っていた。

そこまで考えて、教主はようやく肝心なことを思い出した。あまりに混乱していて、すっかり失念していたが、自分には最も信頼できる者達がついているのだ。

「居るかね？」

「ここに」

教主の声に答えたのは、教主自身の影。正確には、魔法を使ってその中に潜んでいた人物である。しゃがれた、男とも女とも判別のつかない声。

それは、ファヌルスの傍に居た〝影の男〟と呼ばれる教主の側近中の側近だった。

動揺していたことなどおくびにも出さず、教主は努めて冷静な口調で尋ねる。

「何が起きているか、把握できそうかな」

「配下を放っていますが、教会の外に出て戻って来た者の報せによると、何か壁のようなものに囲まれていて敷地の外に出られない、とか」

それを聞いた教主の頭に、何かが引っかかった。

窓の外へ目を向け、空を見上げる。そして、上空に目を凝らしながら、「鑑定」を発動した。その結果、鑑定画面に映し出されたのは、「バリア」という文字だ。

思わず叫びそうになるのをぐっとこらえ、画面をスクロールして性能を確かめる。物理的なものから、音、光、魔法などを遮断していることが分かった。

確かにこれは、壁に囲まれているも同然である。しかも並の方法では破壊できないような、凄まじい強度の魔法の壁である。ここに居る者達全員が、魔法で穴を開けようとしたところで、圧倒的に威力が不足している。

試さなくても教主にはそれを「鑑定」で知ることができた。そこまで分かれば、この「バリア」を作った者の正体も暴けそうなものだが、残念ながらそこまでには至らない。

バリアの効果が判明するだけであり、使用者の名前などは掴めなかった。そのほか、外に普段と変わらない「教会の映像」を貼り付けているらしい。外から救援が来る可能性は極めて低いだろう。

「確かに壁に囲まれているようです。空を見てみなさい。辺り一帯を魔法で覆われています」

教主の言葉に、その場の全員が息を呑む。

「複数の魔法を組み合わせたものらしいですね。これだけの規模です。一人で維持しているとは考えにくい。おそらく複数の者が作っているのでしょう」

「となると、この魔獣の襲撃も、その連中に関わりがあるのでしょうか？」

聖歌隊の一人の言葉に、教主は大きく頷く。

「その恐れはあるでしょうね。となると、魔獣を操っている者達が居るかもしれない。魔法の壁を作っている術者がバリアの中に居るか、外に居るか分かりませんが、魔獣に指示を出している者は中に居ると思われます。何しろ、ここを覆っている壁は魔法だけでなく、あらゆるものを外と遮断してしまうようですから」

「遠話で外との連絡も取れないと？　となると、魔獣を操っている者か、あるいはバリアを作っている敵を見つけなければ、打つ手がないわけですか」

「そうとも限りません。相手の目的は不明ですが、私の部下が幾人か戻らないということは、彼らの行く手を阻み、この状況を指示している敵の主犯格がバリアの中に居る可能性は高いでしょう。ならばそれを捕縛すれば、活路は見出せるはず」

教主は、自分にもその言葉を言い聞かせていた。

必ず敵の中心人物は、バリアの中に居るのだ。そう思い込まなければどうしようもなかった。教主には「鑑定」がある。その人物を教主の目の前に連れてくることができれば、状況はすべて分かるだろう。

ただ、あまり悠長に構えているわけにはいかないようだった。おそらく一般聖職者を襲っているのは、あくまで目的とは無関係な人間達を排除するためだろう。今日、このタイミングで、この教会を襲うとすれば、狙いはどう考えても教主しかありえない。

「異端審問官の皆さん。申し訳ありませんが、外の様子を確認してきてください。この際、魔獣はある程度無視して構わないでしょう。聖歌隊の皆さんは、この建物の守りを」

教主の指示に、異端審問官と聖歌隊は短く返事をし、素早く動き始める。

教主は静かに座っていた椅子に座り直し、ぐっと唇を噛む。

その耳に〝影の男〟の声が響く。

「この状況、ハンス・スエラーと仲間の『にほんじん』達の仕業では？」

「ああ、そうだろうよ。理由は分からないけどなぁ。漏れたんだ。どこかしらからか、バレたんだよ、俺のことが。クソ、ドチクショウ」

ほとんど誰にも届かないような、小さな声。

だが、〝影の男〟にだけは聞こえていた。

「一体、どうやって知ったんだよ、俺のことをよぉ！　敵対すらしてないんだぞ、まだ！　事情聴取の前に呼びつける予定だったたから、そのときに気がつくってんならまだしも、それ以前じゃねぇか！」

「理由はいろいろ考えられますが、今はとにかく、御身(おんみ)を守らなければ」

「それもあるが、第一は教会だ。太陽教会の面子(メンツ)を保つ方法を考えねぇと。クソ、クソ！　いや、今俺が考えても、ろくな対抗策は思いつかねぇか。とにかく、敵だ。敵を鑑定しねぇと、話にならねぇ」

「私も行きましょうか？」

「どうせ俺が目当てなんだ。オマエは部下と一緒にここで張ってろ。最悪、俺を囮にしてでもふん捕まえろ」

短い返事の後、〝影の男〟の気配が消える。

「舐め腐りやがって。吠え面かかせてやる」

手のひらに爪が食い込むほど、強く拳を握り締める。表情はあくまで穏やかなまま、教主は誰にも聞こえないほどの小さな声で独りごちるのであった。


異端審問官達は、散開しつつ教会の外へ向かう。

正面玄関や裏口、あるいは窓など、それぞれ別々の場所から飛び出して行くのは、敵を警戒してのことだろう。

いい動きだと、コウシロウは感心した。すべての行動が実に秩序だっている。そんな評価を下しながら、コウシロウは銃口を異端審問官の一人へ向けた。

構え、狙い、引き金を引く。

込められているのは、この世界では効果の薄い金属弾だ。人体を貫通するほどの威力はないが、大人の男が思い切り殴りつけた程度の衝撃は与えられる。弾丸は顎先に直撃し、異端審問官はがっくりとその場に膝を突いた。脳震盪で意識が朦朧としているのだろう。

続けて、一人、二人と狙い撃っていく。

銃弾が思いどおりの弾道を描くのを確認し、コウシロウは大いに感心した。今コウシロウが使用しているのは、銃の制作工房の最新作だ。

その銃の最大の特徴は、イツカの能力によってゴーレム化を施している点である。弾の装填と薬莢の排出をゴーレムに任せることで高い連射性を実現。事前テストでは、目測２５００メートル以内なら十発十中の記録を打ち出している。千里眼に頼らなくても、精度は非常に高いと言ってよいだろう。

その代わり銃身がかなり大きく、運ぶには苦労するサイズと重さであるため、ゴーレム式の強化服の着用が必要になってしまう。

もっとも、この狙撃銃を使うのは戦闘の場面だ。となれば、身体能力を補うための強化服の着用も必須となるので、特に邪魔になるものでもなかった。

コウシロウは、性能を試すように撃っているうちに、担当しているエリアの者達すべての足を止め終えた。狙撃姿勢を解くと、コウシロウは背後に顔を向ける。

そこには、呆然とした表情のナナナが居た。

頭には海賊風の帽子を被り、縞柄のシャツに短パンと、これまたその雰囲気に合ったデザインのローブを羽織っている。その周囲には、静かに伏せる海賊の子分ルックを着た百二十センチほどの緑色の子鬼達の姿があった。その正体は、ナナナの能力である「ポイントカタログ」で呼び出した「海賊ゴブリン」達だ。

「ナナナさん。終わりましたので、回収をお願いします」

声をかけられたナナナは、体を大きく跳ね上げる。だが、すぐに気を取り戻し、「海賊ゴブリン」達に顔を向けた。

「や、やろうどもー。ええっと、手はずどおりに、その。や、やっちまいなー……」

「ヒャッハー！　船長ノゴ指示ダァー！」

「フンジバッテヤルゼェエエエ！」

なんとも頼りないナナナの言葉に反し、彼らはハイテンションな声を上げる。

何故、ナナナが恥ずかしそうにしながらも、あんな言葉遣いをしたのかと言えば、海賊の頭っぽい口調で命令しないと「海賊ゴブリン」達が指示通り動かないからだ。

口々に何かを叫びながら、彼らは手に手に武器や縄などを持って走り始めた。向かっているのは、コウシロウが狙撃した異端審問官達が転がっている方向だ。

疲れ果てた様子でがっくりと項垂(うなだ)れるナナナを見て、コウシロウは面白そうに笑う。

「非戦闘員の排除は、粗方(あらかた)終わったようですねぇ。もう少ししたら、今度は建物の中をお願いします」

「はい。すぐに呼び出せるように、準備はしてありますので」

言いながら、ナナナは首から下げた「ポイントカタログ」を持ち上げた。必要なときにいつでも開けるよう、付箋などが飛び出している。

今回のナナナの仕事は、「海賊ゴブリン」などを使い、戦闘不能になった者達を捕縛することであった。ポイントさえ支払えば、幾らでも買い増せる「海賊ゴブリン」達には、こういった仕事はうってつけだ。

彼らは魔力で擬似的な生命を与えられた、一種のロボットのような存在である。そのため、うっかり怪我をさせても問題なく、非常に使いやすかった。危険な地域に動員する戦力として、これほど便利なものもないだろう。

「その、凄いですね。銃の扱いが、ええと、上手いっていうか」

「日本で暮らしている限り、自慢になる特技ではありませんけれどねぇ」

苦笑するコウシロウの言葉に、ナナナは僅かに表情を硬くする。

「コウシロウさんは、日本以外にも長くいらしたんですよね？」

「ええ。いろいろなところに行きましたよ。いろいろと、危ないところにもね」

嘘偽りのなさそうなコウシロウのにこやかな顔を見て、ナナナは改めて全身を強張らせた。

実際に拳銃を向けられた経験もあるナナナだったが、それ以上に様々な噂をイツカ達から聞かされている。元スナイパーだとか、今でも腕は変わらないどころか、磨きがかかっているとか。

そこに、捕縛に向かっていた「海賊ゴブリン」の一匹が戻って来た。

「オヤビーン！　六人、ツカマエヤシタゼー！　ミンナ、ブッタオレテヤシター！」

彼らの報告に労いの言葉をかけつつ、ナナナは再びコウシロウの方へ視線を移した。

先ほどコウシロウが撃った弾丸の数が、六発。たった六発だけで、六人を無力化したのだ。普通の銃弾ではなく、殴った程度の衝撃しか与えられないもので、そんな芸当をやってのけるとは、どれほどの凄腕なのだろうか。

ナナナの視線に気づき、コウシロウは涼しげな笑顔を見せる。

「とてもいいところなんですよ。あの街は。土地も、空気も、人もね」

突然話が変わったように感じ、ナナナは内心首を傾げる。

コウシロウは穏やかに言葉を続けた。

「だから、そこでの生活を是が非でも守りたいと思うんです。老骨に鞭を打ってもね」

コウシロウは抱えている銃を軽く持ち上げる。

「守りたいと思うから、私は今ここに居て、こんなものを抱えています」

――それで、答えになりますかね？

いつもと変わらぬ表情を向けられ、ナナナは一瞬ぼうっと立ち尽くした。

最初に口にした質問は、コウシロウという人物はどんな経験をしてきたのだろう、という考えから出たものだ。だが、今しがたのコウシロウの答えは、まったく別の問いに対する回答であった。

何のために戦っているんですか？

言葉にすれば、そんなところだろうか。

それは、ナナナが日本人達に対して、聞いてみたい質問であった。そして、街に関することも。

この戦いが終わったら、ナナナは罪を免除され、解放される約束になっていた。ハンス達が暮らすあの街で生活していくのだ。その場所が、一体どんなところなのか。

コウシロウの言葉は、それに対する答えだった。聞きたかった疑問については、はぐらかされてしまったように思う。だが、別の二つの質問には、しっかりと答えてくれた。口に出しても、匂わせてもいない質問だったはずなのだが。

「あっはっはっは！　年甲斐もなく、キザなことを言ってしまいましたかねぇ？」

「いえっ！　なんだか含蓄のある言葉だったので、その……、咀嚼に時間がかかってしまって！」

わたわたと両手を動かしていたナナナは、大きく深呼吸をして、落ち着きを取り戻す。

「あの。正直、ズルい答えだと思いますけど、とても参考になりました。ありがとうございます」

ナナナの率直な言葉に、コウシロウは驚いたように目を丸くする。

それを見たナナナは、面白そうに微笑んだ。


ロープでぐるぐる巻きにした異端審問官の上に座り、セルジュは難しそうな顔で唸った。

「やっぱ弱いなぁ。コイツラ」

「弱いっつーか、レインさんがむちゃくちゃなんじゃねぇーの？」

キメ顔で呟くセルジュの横で、ケンイチは引きつった表情で感想を述べた。辺りには、簀巻きにされた異端審問官達が転がっている。いわゆるヤンキー座りでそれらを眺めながら、ケンイチは呆れたように肩を竦めた。

「まあ、それはあるわなぁ。何であの子、あんなに張り切ってんのよ」

セルジュが視線を向けた先では、レインが異端審問官を縛り上げている真っ最中であった。暴れる異端審問官の口に慣れた手つきで猿轡をかませている。表情を欠片も動かさない、工場の流れ作業のような手際のよさは、ある種の恐怖すら感じさせる。

レインはその作業を終えると、次の簀巻きへ移った。

時折、激しく抵抗する者の腹部に容赦なく蹴りを入れるその姿は、完全にあちらの筋の人だ。

「なんか、今回レインさん、教主と直接やり合うときに外で待機するじゃねぇっすか」

レインはバリア内にいるメンバー同士の遠話要員として、後方待機ということになっていた。

遠話魔法を使える人間は決して多くなく、戦闘への参加者の中ではレイン一人だった。魔法を遮断するバリアの中のため、外部からの援護も期待できない。なので、レインは戦力でありつつも、作戦の貴重な要と言ってもよい立場だった。危険な戦闘には、極力参加しない方がよいわけだ。

戦力が一番集中している教主への強襲は、まさに危険と隣り合わせ。レインはそこには直接加わらず、全体への遠話連絡に集中する任務を負っていた。

だが、レインはそれが非常に気に入らなかった。理由はごく単純である。

ハンスに自分の活躍が見せられないからだ。

レインは自分の分をよく心得ている。今回の一件の重要さも理解しているし、遠話の大切さも重々承知していた。とはいえ、そういう役割を差し置いても、レインはハンスに自分の活躍を披露したかった。そして、なんやかんやあった上で、褒められたいな、と切実に願っていたのである。

レインは意外と欲張りなのだ。ただ、それと同時に、ほっと安堵した部分もあった。

相手は「鑑定」なる、破廉恥な能力を持っている。

もし、レインが直接会えば、一瞬で「元日本人の転生者」とばれてしまうだろう。それはレインにとって、最も都合の悪いことであった。最悪、その秘密がハンスの知るところになったとしても、もっと別のシチュエーションがあるはずだ。

たとえばそう、結婚前夜とか。

その日、秘密の重さに耐えかねたレインは、ついにそれをハンスに告白するのだ。

俯き加減に目を伏せ、拒絶の言葉を覚悟して微かに身を震わせるレインに対し、ハンスは柔らかく微笑む。

そして――。

「なんだ、そんなことか。お前がお前なら、そんなこと、どうでもいいことだろ？」

と、こう答えるのである。

「くっ！」

一瞬、危うく思考がショート寸前になったレインは、簀巻きに思い切り蹴りを入れた。くぐもった悲鳴と足に伝わる衝撃で、意識が妄想の地平から覚醒する。

「うをぉ!? びっくりしたぁー!」

「なんだぁ?」

セルジュとケンイチが驚いているが、そんなことに構っている暇はない。

レインは、苛立ちと腹立ちとやるせない思いを、ふがいない中二病の産物っぽい連中に叩き付けるべく作業に戻った。

乙女心は忙しないのである。

そんなレインの胸のうちを知ってか知らずか、セルジュとケンイチは世間話に興じていた。

「っつか、この後、どーすんでしたっけ?」

「君んところの四人組が上手いことやってくれたら、一気に畳みかける予定よ」

「おお。あいつら張り切ってたからなぁ」

しみじみと言うケンイチの言葉に、セルジュは頷いた。それから、ちらりとレインの方へ目を向ける。

「なんだろう。ここの女性陣って、めっちゃハリキリまくりだよね」

「静かなのは、ナナナぐれぇじゃねぇーかなぁ。まぁ、賑やかでいいじゃねぇーっすか」

「あのレベルをその表現で片付けるのかぁ。凄いなぁ」

「馴れっすかねぇ。ミツバとかイッカとかムツキとか見てると、どうでもよくなってくるっつーか」

遠い目をして言うケンイチの言葉に、セルジュは納得した。確かにその気持ちは分からなくもない。ただし、そもそも人間の次元としてはどうなのか。

「っつーか、レインさん止めた方がいいんすかねぇ」

ケンイチに言われ、セルジュはレインの方を窺った。視線の先では、レインがまったくの無表情で異端審問官に蹴りを入れている。

「いいんじゃない？　ほっといて。なんか怖いし」

「触らぬ神になんとやら、っつーやつだなぁ」

セルジュもケンイチも、スルーを決め込むことにしたらしい。

この後も暫くの間、レインによる理不尽な暴行は続くのであった。


教会を覆うバリアを維持するムツキの横に、キョウジが体育座りをしていた。

その反対側には、イッカとの連絡を保つ通話用のトラップが展開されている。

「よっしゃー。外に出張ってた異端審問官ふんじばったったー」

トラップから響いてきたイッカの声に、キョウジとムツキはぱちぱちと拍手を送る。何かしらリアクションがないと、イッカが文句を言うからだ。

「あの。私、見られなかったんですけど、戦いはどうなったんですか、戦い！　私、気になります！」

ムツキはちらちらと通話用トラップに視線をやりながら、落ち着かない様子で声を上げる。

「バリア」を維持する関係上、ムツキは今居る場所から動けなかった。そのため、戦いにはまったく参加できないでいた。自身が不参加の戦局が気になるらしく、イッカに聞いているのである。

イッカのゴーレムは、教会をぐるりと囲むように多数配置されていた。戦闘要員としても動いており、今回は大いに活躍している。

「いやいや。ふんじばっただけよ、今は。ハンスさんが倒した連中を、きゅっとね」

どうやら今しがたイッカが言ったのは、ハンスと同行中のゴーレムのことだったらしい。それを聞いたムツキは、俄然興味を持つ。

「ハンスさんの戦いっぷりって凄いんですか!?　私まともに見た記憶がないんですけど！」

「まあ、ムツキさんは大体一人で暴れてて、他人のことなんて気にしてませんもんね」

キョウジの言うとおり、基本的にムツキは、閉じ込められているか、酒を飲んで暴れているかしか行動パターンがない。他人の行動を観察するという選択肢は、彼女の中に存在しないのだろう。ついでに言えば、後先を考える思慮深さ（しりょぶか）もないはずだ。

「いやぁ、凄いっていうかなんていうか。ありゃ引くね。動きがもう、なんかビデオの早送りみたいだったもん」

説明するイッカだったが、大きな物音に言葉を阻まれる。

キョウジとムツキは、音のした方へ意識を向けた。見れば、こちらに向かって走って来る異端審問官の姿がある。彼らはキョウジ達を発見したのか、一気に押し寄せてきた。

いつものキョウジなら、慌てふためくところだろう。だが、今はどこかぼけっとした様子で、彼らを眺めるばかりであった。何故なら彼らの背後にある、光に気づいていたからだ。

高速で動くその発光体は、一瞬で異端審問官の一人へ近づいて行く。

次の瞬間、異端審問官の体が勢いよく撥ね上げられた。

彼らは、すぐに異変を察知したものの、ときはすでに遅かった。ある者は地面に叩き付けられ、ある者は空中に放り投げられるように吹き飛ばされる。

異端審問官達は、あっという間に叩き伏せられてしまった。それをやってのけた発光体はキョウジ達の前まで来ると、その動きを止めた。光が収まったその場所には、いつもと変わらぬ様子のハンスが立っていた。

ハンスは通話トラップに顔を向け、今しがた自分が倒した異端審問官達の方へ指を差した。

「イッカ。すまんが、あれも縛っておいてくれ。暴れられても厄介だからな」

「お任せくださいな。すぐゴーレム送っときますから」

イッカが返事をすると、少し離れたところから重たい足音が響いてきた。ほどなくしてあらわれたゴーレムは、手に持つロープで器用に異端審問官達を縛り上げていく。

暫くその様子を呆然と眺めていたムツキだったが、はっとした様子で声を上げる。

「ちょっ、今の、なんなんですか⁉　なんか加速装置みたいな感じで、ぜんぜん目で追えなかったんですけど⁉」

「そりゃそうですよ。ハンスさん、強化魔法使ってたんですから」

それは、この世界では一般的な魔法だ。文字通り、身体能力を底上げする効果がある。だが、ムツキが知っているのは、先ほどのハンスのような強化魔法が発動した際の発光現象しか追えなくなる代物ではない。せいぜい、筋力が五割か六割上がって、少し反射神経がよくなる程度のもののはずだった。

キョウジの言葉に、ムツキは驚いたように目を見張る。

「いやいやいやいやいやいや。あれって、私でも強化魔法を多重起動しないと出せないレベルですよ？」

「でしょうね。前にレインさんが言ってたじゃないですか。ハンスさんは強化魔法しか使えませんけど、それに関しては、この国で一番の腕なんですよ」

キョウジは軽く肩を竦めつつ説明を続ける。

「でも、ハンスさん、普段はあんまり強化魔法を使わないんですよね。訓練にならないからって。ミツバちゃんとの模擬戦のときも使わないですし」

「ミツバちゃん相手に⁉　ミツバちゃんってバケモノですよ⁉　モンスターですよ⁉」

「言葉悪いなぁ」

大げさに動揺するムツキにも、キョウジは突っ込みを忘れない。

ハンスはその様子を見て苦笑を漏らす。

「そんな大したものじゃないんだがなぁ。昔はよく教科書通りだって嫌味を言われたぐらいだ。……っと、遠話だ」

ハンスはこめかみを軽く叩いて見せた。レインからの遠話魔法が繋がったのだろう。

それを横目で見つつ、ムツキはキョウジの方へ顔を寄せる。

「本当なんです？」

「ニュアンスは違いますけど、そう言われてたらしいですよ。教科書通り勤勉(きんべん)に訓練して、教科書通り相手より速く、力強く、正確に動き、そして教科書通り、勝つ」

「え、でも、教科書通りって、普通そんな上手くいかないですよね？　あくまで理想論ー、みたいな」

不思議そうな顔で尋ねるムツキに、キョウジは大きく頷いて見せる。

「つまり、ハンスさんは机上の空論、理想論を体現しているってことです」

「ミツバちゃんとは、別の意味の化け物ってことですね！」

なるほど、とムツキは手を叩いた。

酷い物言いだが、あながち間違いとも言えない。キョウジの聞いた話では、ハンスの訓練生時代のあだ名は「教科書の怪物」だったのだとか。

そんな話をしていると、ハンスがキョウジ達の方を振り返った。

「一般聖職者への対応が粗方終わったそうだ。あの四匹も引き揚げたみたいだな」

「早かったですね。そろそろ仕上げですか？」

「そうなるな」

意外そうなキョウジに、ハンスが告げた。

「まあ、いろいろ支度は整ったからな。祭りと一緒だよ。大変なのは準備の方。実際に始まれば、予定通りにきっちりいくもんさ。特に、今回は情報収集が万全だったからな」

コウシロウの千里眼や諜報員達の活躍。

まさに万全な事前調査が行われていた。それをもとに、何人もの専門家が関わって作戦を立てているのだ。しかも準備期間はたっぷりあり、物資も人員も惜しげもなくつぎ込まれている。

「まあ、とにかく。次の段階だな。ムツキ、明かりを頼む」

「りょっかーいですっ！」

ムツキは敬礼すると、両手のひらを広げて空の上に向けた。

短い気合の声を発するや、その手のひらから眩(まばゆ)い光の玉が発射される。周囲を明るく照らし出すそれは、魔法の照明弾だ。

「バリア」を維持するため、戦闘には参加していないムツキだったが、その場で魔法を使うだけなら、まだある程度の余裕が残っていたのである。

ハンスは照明弾を見上げて、大きく伸びをした。

「さて、仕上げといくか」

ハンスはそう呟くと、今日はまだ一度も抜いていない剣の柄に手をかけた。

13　決着をつけた男

黒衣に身を包んだ異端審問官達は、怯えた表情で剣を振るっていた。

無理もない。彼らが戦っているのは、黒いスパッツを穿き、真っ赤なジャージに身を包んだ、最も限りなく魔獣に近い人間――。

ミナギシ・ミツバなのだ。

「ぐるるるるる！」

ミツバは威嚇するような唸り声を上げ、拳で軽快な素振りをする。

恐れをなした異端審問官達は体を震わせ、中には短い悲鳴を上げる者までいた。過剰な反応、とは言いにくいだろう。ミツバは手のひらで空気を打ち出し、離れた場所に居る人間を吹き飛ばすという、マンガやアニメみたいな荒技をやってのけているのだ。

実際に数人の異端審問官が、それで昏倒させられているとなれば、警戒するのも当然である。

そのときだ。まるで獣のごとき殺気を発しているミツバの背後に向かって、突然、炎が放たれた。

それは木の影に隠れていた、〝影の男〟の配下の魔法だった。

異端審問官が戦っている間、自身は身を隠し、魔法を命中させる機会を窺っていたのである。男の魔法は、ただの炎ではない。粘性のある延焼剤のようなもので、一度ヒットすれば絡み付き、簡単には消せなかった。しかもこの炎の粘性は、それ自体が相手の動きを阻害する。大量に浴びれば、手足を動かすことすら困難となるのだ。

そんな危険極まりないものを、男はミツバに向かい大量に放射したのである。

家一件を丸々覆うほどの凄まじい量の炎だ。普段なら、男もこれほどの威力で使うことはない。周囲一帯を、焼け野原にしてしまうからだ。

だが、今は悠長に構えている場合ではない。相手は化け物なのだ。何としても倒さなければならないと、男は考えたのである。

だが。

「にゃぁあああああああん!!」

ミツバは炎の方へ振り返ると、猫っぽい咆哮を上げながら、その中に飛び込んだ。正確には、炎を突っ切り、それを放った男へ躍りかかったのである。

これを見た男は、一瞬にやりと笑みを浮かべた。

上手く使えば中型の魔獣すら倒せるこの魔法に、ミツバがかかったと推察したからだ。

しかし、それはあまりにもミツバという存在を知らなすぎる者の発想であった。ミツバはその絶大な腕力と、自分の体の重さを自由に操れるレベル2の「自重自在」という能力を使い、炎を力尽くでぶち抜いたのだ。

無理が通れば道理引っ込む。

まさに、ミツバのためにある言葉である。

「ぎぃやぁあああああああああ!!」

燃え盛る炎を身に纏ったミツバの拳が、男の腹部に突き刺さる。男は一瞬にして意識を刈り取られ、無残に地面へと転がった。

自分の体が燃え上がっているのを確認したミツバは、神妙な様子で頷く。

そして、何やらキメポーズらしきものを取った。

「振るう拳が空を裂き！　燃える炎が悪を焼く！　ファイヤーミツバちゃん降臨っす!!」

唖然としているのか、恐れおののいているのか。異端審問官達は微動だにしない。

ミツバは、そこはかとなく満足そうな顔だ。

そこからは、一方的であった。

殴って、蹴って、叩き付ける。

相手はそれなりに多かったが、ミツバにとっては関係ない。あっという間に、全員を叩き伏せてしまう。無事にすべての異端審問官を戦闘不能に追い込んだミツバは、近くのゴーレム達に手を振って合図をした。

ゴーレム達はすぐさま動き出し、倒れている者達を縛り上げていく。

今回のミツバの役目は、一人遊撃である。レインの遠話を受けて、あちこち走り回りながら、遭遇した敵を倒すというものだ。なかなかミツバ向きの仕事であり、首尾は上々だった。

「もしかして自分、天職を見つけてしまったかもしれないっす！」

ハンスの従者であり、街を守護する自衛隊の自称副隊長でもあるミツバだが、特に仕事内容は厳密には決まっていなかった。大体、力仕事があったら手伝ったり、街を見回るついでに買い食いをしたり、近所のおじちゃん、おばちゃんなどから食べ物をもらって食べたり。なんか、そんなようなことばかりしていたのだ。

あくまでミツバの感覚としての話だが、実はこれは、自衛隊本来の役割とは微妙に異なっているのではないか？　と、ごくごく最近になって気がついたのである。

まあ、恐ろしく遅いのだが、ミツバだから仕方ないだろう。

とにかくミツバは、自分にできる仕事を見つけ、その専門家となることで、自衛隊副隊長としての立場を強固にしようと考えていたのだ。王都ダンジョンの建設を張り切って手伝っていたのも、その一環であった。

「華麗に一人で駆け回り、敵を打倒する自分！　そのあまりの優美さに、自衛隊の面々もハンス隊長も、思わず食堂の食券を差し出すレベルっす！　これぞ専守防衛!!」

ちなみに、ミツバは専守防衛がどういう意味の言葉なのかよく理解していなかった。敵が殴ってきたら殴り返してもＯＫ的な、過剰防衛を正当化するものだと思っていたのである。

皆に褒め称えられる自分を夢想していたミツバは、急に明るくなった空へ顔を向けた。

先ほどまで真っ暗だったのだが、上空に発光する物体が浮かんでいる。おそらく、ムツキの魔法か何かだろう。ミツバが、ぼんやりとそれを眺めていると、レインからの遠話が届く。

「教会の入口に向かってください。突入します」

「うーっす！　了解っす！　派手に暴れればいいんすよね！」

「死人は出さないでください。後々面倒なので」

「わかってるっすー！」

乗り込むということは、ハンスと一緒に戦うことを意味する。ここで点数を稼いでおけば、きっといいことがあるに違いない。たとえば今後、ツマミ食いをしても、お目こぼしをしてもらえるとか。あるいは、ずっと欲しかった自分用の武器を作る許可をもらえるとか。

ミツバの心は、そんな期待に満ち溢れていた。

「よーし！　教主のヤツをズッタズタのボロ雑巾にしてやるっすー！」

わくわくとした様子で、物騒極まりないことを叫びながら、ミツバは元気よく走り出した。

ただ残念ながら、いくら上手く事が運んだとしても、ミツバが想像した状況は実現しないだろう。

しかし、このときのミツバは、後にそんな現実を突きつけられ、深く絶望することなど、知る由もなかったのである。

ちなみにその絶望がどの程度のものか、具体的に言うと、甘いと思って食べたミカンが、すっぱかった程度のレベルなのであった。


教会の中は、すっかり静まり返っていた。

一般の聖職者達はすべて魔獣達にやられ、外へ出た異端審問官達は一向に戻って来る気配がない。外では凄まじい阿鼻叫喚が巻き起こっていたのだが、それも収まっている。理由は、考えるまでもないだろう。

教主が居る部屋を守るのは、三十人弱。

それ以外の者達は、外へ偵察や連絡要員として出払っていた。

重い沈黙が室内を支配する中、教主はちらりと時計を見る。部屋に備え付けられた柱時計が示しているのは、まだまだ夜の深い時間だ。

それを確認した教主は、心の中で舌打ちをした。

教会の敷地を覆う「バリア」の情報から、相手にとっては日が昇るまでが勝負だと、教主は見立てていた。いくら映像を貼り付けたところで、明るく人目の多い時間になれば、王都の人間が「バリア」に気づくはずだ。つまり、衛兵やら警備兵、あるいは軍が動く。

相手がハンス・スエラーと日本人達だとすれば、その背後で糸を引くのはロックハンマー侯爵だ。侯爵は王都ではあまり影響力がないため、「突然、教会を何かが覆った」、などという事態を揉み消せるとは思えない。事前に根回しをして、なかったことにするのも難しいだろう。

となれば、この襲撃は王都の貴族達にもばれてはいけない種類のものなのだ。あくまでハンスとロックハンマー侯爵の判断のみで行われている襲撃だと推測される。朝まで守りを維持できれば、おそらく教主の勝ちとなるのだ。

すでに戦って相手を殲滅する選択肢は、教主の頭にはなかった。外へやった人員が、一人も帰還していないのだ。生きているにしても、死んでいるにしても、相手の手にかかっているのは間違いない。

その中には、〝影の男〟の部下も交じっていたにもかかわらずだ。相手に多少なりとも、痛手は与えているとは思うのだが、この状況はよろしくない。

だが、勝ち筋はある。

この場に居るのは聖歌隊。

さらに、魔法を使える腕のいい異端審問官達。

誰も彼も、教主自身が集めてきた才能に溢れた実力者達である。

そして、手塩にかけて育て上げた、〝影の男〟と部下達。

名前もなく、ただ仕事を黙々とこなす「影」として鍛錬を積ませた集団。彼らは全員強力な魔法の使い手であり、本人の戦闘能力自体も極めて高い。中でも、ファヌルスのもとに派遣していた〝影の男〟は、随一の腕だった。彼らが居れば、朝まで耐えられるはずだ。

外に出て戦い、相手を倒すのは難しい。だが、守りきることならば可能だろう。今現在、残存する教会の勢力には、防御に特化した魔法を体得した者が何人も居る。

「耐え忍び、か。それなら、得意なんだよ」

教主は無理やり、口の端を吊り上げた。何度もやり直してきた人生は、成功ばかりではなかった。下手を打って、死にかけた経験は何度もある。それらを必死の思いで乗り越えて、教主はこの巨大な宗教組織の頂点へ君臨するに至ったのだ。

何も最初から、いわゆるチート能力を駆使して、ハーレムを作っていたわけではない。血の滲む思いをして、居場所である教会を発展させ、地位と権力、金と女を手に入れたのである。

「年季が違うんだっての」

おそらく人間で、教主よりも長い年月を過ごしてきた者は皆無だろう。何度も繰り返してきた人生で、積み重ねてきた時間は、百年や二百年程度ではないのだ。

こんなところで奪われて、堪るものか。

血が出るほどに歯を食いしばる教主の耳に、何やら部屋の外から話し声が聞こえてきた。部屋に居る者は全員、口を開くことはおろか、息すら潜ませているのに、である。皆、一斉にその声に耳をそばだたせる。

「しっかし、ホントに皆寝ちゃってるねぇー。おじさん的には楽でいいけど」

「まったくだ。一般の聖職者も、すでにイツカのゴーレムが縛り始めているからな。後は締めくくりにかかるだけなんだが」

「ああ、ハンスさん。この部屋ですよ。皆さん、集まっていらっしゃいますからねぇ」

「はいはいはいはいはいはい！　ドアを蹴破るの自分がやりたいっす！　むしろ、それを自分にやらせないなんてトンデモないっす!!」

「どうせ、ドアの前にはバリケードがあるだろう。そんなところをお前が蹴ったら、瓦礫で部屋の中が血みどろになるだろうが。ケンイチ、すまんがその辺の壁を、当たり障りないように崩せるか？」

「うーっす。コウシロウさん、どの辺ぶちやぶりゃぁー、危なくねぇーっすかねぇ？」

「そうですねぇ。この辺りでしょうか」

「なーんでっすかぁー!!　腕力勝負なら自分の出番じゃないっすかぁー！　自分にも活躍の場を！

そしてご褒美をもらえる口実をよこすっすー!!」

「中に入ったら暴れさせてやるから静かにしろ！」

「うわぁーい！　やったぁー！　自分のゴネ得っすー！」

酷く緊張感のない会話に聞こえる。だが、すぐにその認識が大きな間違いだと判明した。

「オラァ!!」

気合の声と同時に、重い音が響く。部屋の隅にある壁面に、無数のヒビが入る。

唖然とする者が多い中、それでもすぐさま行動を起こす者も居た。数名が素早く崩れかけた壁へ駆け寄って行く。中には、魔法を放つ準備に入っている者も見られた。

たとえ穴を開けられようと、次の瞬間、そこに魔法を命中させれば、先手を取れるからだ。

再び、壁に何かが打ちつけられた。限界を迎えたのか、壁が土煙を上げながら崩れ落ちる。

ほぼ同時に、聖歌隊、異端審問官の数名が魔法を放った。様々な種類の攻撃魔法が、土煙の中へ吸い込まれていく。敵の悲鳴が上がり、爆発的な破壊が発生する場面を誰もが想像した。

しかし——。

それが現実に起こることはなかった。

灼熱(しゃくねつ)の炎や光線、鋭利(えいり)な氷柱(つらら)などが連発されたにもかかわらず、である。

一体、何がどうなっているのか?

その答えは、土煙が晴れることで明らかになった。

壁に開いた穴の向こう側。

そこに居たのは、特徴的なポンパドールを揺らす、特攻服の男。

両手に、あるモノを抱えて勇ましく佇(たたず)む姿は、当人の鋭い眼光と相まって、異様な迫力に満ちている。ただ、その場に居た多くの者が目を剝(む)き、ケンイチ自身よりもそのあるモノを凝視していた。

誰もが信じられぬ思いでいたものの、おそらくは、それで壁を殴りつけてぶち壊したのだろう。

それは何と、黒いスパッツを穿き、真っ赤なジャージを羽織っていた。

そう、ケンイチはミツバをこん棒代わりにして壁を叩き壊し、さらには器用に盾のように使って

魔法を防いだのだ。

なんとも言えない微妙な空気が漂う中、僅かに体を震わせていたミツバが、堪りかねて叫ぶ。

「おかしーっす!! どういうことなんすか、これはっ！ なに、ナチュラルに自分を武器にしてるんすか！ しかも盾にして！ 人権！ 人権をよこすっす!!」

「ああ、わりぃ。使いやすかったからよぉ」

まったく悪びれず、ケンイチはさも当然な顔をして言い放つ。確かに、武器としてみれば、ミツバほど使いやすいものはないかもしれない。ハンパなく頑丈なので壊れることはなく、使い減りがしないのだ。多少扱いにくい形状だが、その辺はご愛嬌だろう。

ミツバは両手両足、それに、咄嗟に掴んでいた氷柱を振り回して不満を訴える。

「ハンス隊長も抗議するッす！ 可愛い隊員が酷い目に遭ってるんすよ!!」

「すまん、あまりに自然だったから特に何も感じなかった。現在進行形だが。それよりも、早く中に入ってくれ。後ろがつかえてるんだ」

ハンスが冷めた口調で言った。

その言葉に促されるまま部屋の中に入って来たケンイチは、両手で持ち上げた体勢のままだったミツバを脇に置く。

その後ろから、ハンス、セルジュ、コウシロウが順に進む。

ハンス達は全員、緊張感もなく、リラックスした様子だ。それは一概に、場違いと否定できない。

戦いの場でも余計な緊張をせず、十二分に動けるように態勢を整えるのは、ある種、必要なことだ。彼らはそれを理解した上で、実践しているのだろう。

それが分かったからこそ、聖歌隊と異端審問官達はさらに警戒を強めた。

「いやぁー。なぁーんか、すんごい見られてるけど。やっぱりいい男ってのは注目を集めちゃうもんなのかなぁ」

「確かに。注目は集まっているようだな、コウシロウ殿に」

「コウシロウさん、イケメンだからなぁ」

「なに、おじさんのステキさ分からない？　大人の魅力。こういうのダンディズムって言うのよ？」

他愛もない会話を繰り広げるハンス達を、聖歌隊と異端審問官達は徐々に包囲していく。余計な言葉はかけなかった。必要がないと判断したからだろう。

ただただ無言で取り囲み、無言で敵を打倒する。そういう戦い方は、聖歌隊と異端審問官の得意とするところだ。

戦いの空気が少しずつ濃密(のうみつ)になる中で、教主は一人、小さく体を震わせていた。無理からぬことだった。教主は「鑑定」を使い、ハンス達のことを見たのだから。

ハンス・スエラー、セルジュ・スライプス。

太陽教会は戦場の情報にも明るい組織のため、噂には聞いていたが、あくまでも噂は噂だと思っていた。二人とも、僅かな手勢だけで戦場を駆けた英雄だという話だったが冗談ではない。どちらも、噂が過小評価にしか思えないほどの能力者だ。

この二人が何故、国内で蔑ろにされてきたのか。今ならよく分かった。

戦人として、あまりにも優秀すぎるからだ。

突出した戦いの才能の持ち主は、英雄になるか、あるいは冷遇を受けてくすぶるしかない。それがどうして、この場に二人も揃っているのか。

さらに、ケンイチ、そして、ミツバ。

話に聞いていた日本からの転移者達。能力を「鑑定」して、まず最初に思ったのは、「何故、コイツラは人間の形をしているのか」ということだった。

控えめに言って、二人とも化け物だ。化け物のようだ、と言うのではない。

生粋の化け物なのだ。

普通の人間は素手でドラゴンを倒せないし、空気のない高度から落ちれば死ぬ。そんな行為を平気でやってのける連中を、少なくとも教主は人間とは呼びたくなかった。

ハンス達がこちらのことを知っていた理由。それも、おおよそ分かった。

コウシロウの千里眼だ。

ほかの千里眼魔法に比べて、性能がデタラメすぎる。あんな超高性能なものがあるなら、何もかも露見して当たり前だ。何かしらの取っ掛かりさえ見つけてしまえば、教主の企みを見破るのも容易いだろう。

「この、チート共が！」

誰にも聞き取れないほどの、ごく小さい声で呟き、教主は固く握り締めた拳を震わせた。

そんな相手の心情を知ってか知らずか、ハンスが思い出したように教主の方へ顔を向ける。

「そうそう。キョウジから伝言を頼まれていたんだったな。こう話せば分かる、と言われたんだが」

教主も、キョウジの名前は資料で目にしていた。

伝言とは、一体何なのか。

訝しげな表情を浮かべる教主に、ハンスは告げる。

「ファヌルスは生きており、こっちで捕まえた。教会に探りを入れたら一発だった。いろいろ言いたいことはあるけど、尋問する時間はたっぷりあるから、楽しみにしてる。だったか」

それを聞いた教主は、思わず大声で笑い出してしまった。

ファヌルスが生きている。その上、彼らに捕まっていた。なるほど、そういうことならば、すべて合点がいく。自分がここまで追い込まれた理由も理解できた。

何のことはない。

彼らはファヌルスを捕まえ、話を聞き出したのだ。それがいつかは不明だが、少なくとも、自分達が王都に呼び出されることが決まったときには、太陽教会のことを敵として認識していた。その間、ずっとこちらを監視し、戦いの準備を整えていたに違いない。

「罠を張っていたつもりだったが。逆に仕掛けられて、その中に飛び込んでいたのは、こちらというわけか」

してやられた、もう笑うしかない。

こうなれば、もう自棄（やけ）だ。

教主は改めてハンス達を見据えた。

ここにいる五人は、確かに強い。だが、これほどの連中が、ほかに何人も居るなんてありえない。

倒せなくてもいい、とにかく時間を稼げればいい。

戦って、逃げて、逃げて、逃げ切ればよいのだ。

そうすれば、まだやりようは見えてくるはず。

とにかくこの場を乗り切らなければ話にもならない。

ならば、覚悟を決めるしかなかった。

「殺そうと思うな！　とにかく、時間を稼ぎなさい!!」

教主の声に答え、聖歌隊、異端審問官達が一斉に攻撃を開始した。

それを見たハンス達は、それぞれ身構える。

このとき、教主は内心でほくそ笑んでいた。

戦いが始まり、乱戦になったとき。

それこそが、教主の最も信頼する部下が得意とする戦いの舞台なのだ。影の中に潜み、誰にも悟られず動ける魔法を持つ男。

名前を消し去り、教主すら名前を呼ばず、ただ〝影〟と呼んでいる腹心中の腹心。

教主自身、〝影の男〟が今どこにいるか、正確な位置は分からない。だが、おおよその見当はついている。

ハンス達のうちの、誰かの影の中だ。

剣を構え、それを突き出す好機を待ち構えているはずなのである。

〝影の男〟が虎視眈々と狙うのは、足の裏。

踏み締めた床と接した部分に、影となった床から不意打ちを与えるのだ。音もなく、知覚することもできず、ほぼ完全に意識の外にあるところへの攻撃。それは避けようのない一撃だ。

足への攻撃だから、即死させるのは難しいものの、行動不能に陥れることはできる。

ミツバには剣が効かないが、それ以外の者なら、怪我を負わせることは可能だ。幸いにも、コウシロウも現状では〝影の男〟に気づいていないらしい。警戒はしているだろうが、戦いが始まれば周囲へ注意を促すのは難しくなるはずだ。

一度〝影の男〟の存在が分かれば、事態は変わるかもしれない。それでも、逆に言えば最初の一撃は避けようがないと言える。

問題ない。それでいいのだ。時間さえ稼げればよい。

一斉に切りかかっていく異端審問官達に、コウシロウは両手に持った拳銃の銃口を向けた。込められているのは金属製ながら非致死性の弾丸だ。

コウシロウはそれを軽やかに操り、的確に弾丸を異端審問官達に撃ち込んでいく。体は貫通しないが、衝撃は決して軽くはない。弾丸をばら撒いているようにも見えるが、その実、一発たりとも狙いは外していなかった。

出鼻を挫かれた形になった異端審問官達を襲ったのは、ケンイチの強烈な前蹴りだ。

「オラァ!!」

まるでゴムまりのように一人を弾き飛ばし、すかさず近くの一人に殴りかかる。

その間に、魔法の準備を済ませていたセルジュが、室内に電撃を撃ち放つ。威力は抑えていたが、それでも電撃の破壊力は強烈だ。聖歌隊に、一瞬の怯みを生むには十分なものである。

そこに、待ってましたとばかりに飛び込んで行ったのは、ミツバだ。

敵の間に入ってしまえば、やることは簡単。縦横無尽に腕を振り回し、近づく者を蹴り飛ばす。

圧倒的な筋力と、能力によって何十倍にも増した自重により、誰も手出しができなくなる。たったそれだけで攻撃をしようにも、あまりに危険すぎて近づけないのだ。

まるで、動く危険物である。

ケンイチとミツバを止めようと、すぐに何人もが魔法を打ち込もうと構える。だが、それをコウシロウの銃撃とセルジュの魔法が的確に妨害をしていく。

もちろんハンスも、負けてはいない。銃弾や魔法の間を掻い潜りながら、相手の隙を突いて倒していく。相手を殺しかねないので剣こそ抜いていないが、それでもまったく問題はなさそうだった。

ハンスは剣で切りかかってきた一人に対し、あえて懐に飛び込み、その腕を取る。

相手は無理やり力で押し切ろうと強化魔法を発動させるが、ハンスは相手の重心のバランスを崩すことで、それを容易く押さえ込んでしまう。

このとき、ハンスが両足で床を踏み締め、相手と押し合っている瞬間を待ち構えていた者がいた。

〝影の男〟だ。

彼にしてみれば、今こそ狙い目である。足を貫くのは瞬く間だ。足に痛みを感じたときは、もう手遅れである。踏み締める形で足が固定された現状、足の裏を貫き動脈を切り裂くことすら、影の男には可能なのだ。

そして——。

〝影の男〟は、構えた剣に最大限の力を込め、目一杯の速さで突き出した。渾身の強化魔法を使って放たれたその一撃は、常人には不可避な必殺剣である。

たとえハンスの靴に鉄板などが仕込んであっても関係はない。手にした剣は一級品であり、並みの金属鎧なら容易く切り裂く魔剣の類だった。

必殺の意思を込めた剣の切っ先に、確かな手ごたえを感じる。

捉えた！

そう確信した〝影の男〟は、そのまま剣を上へ押し進めていく。研ぎ澄まされた感覚が昂ぶり、周囲の出来事がスローモーションのように感じられた。

剣の切っ先がハンスの影から飛び出し、剣の中ほどまでが地上へ露出する。

そこで〝影の男〟は、違和感に気づいた。肉を断つ手ごたえが、まったくないのだ。確かに、ハンスの足の裏へ剣を突き立て、その靴の裏に切っ先が突き刺さったのにもかかわらず、である。一体、何が起きたのか、〝影の男〟には見当もつかない。

〝影の男〟の剣は、間違いなくハンスの足の裏を捉えて貫き、脛まで達し、太い動脈を切り裂いていたはずだった。

しかしそれは、残念ながら成功しなかった。

ハンスは自分の足の裏、正確には靴の底に何かが触れた違和感を察知していたのだ。

ハンス・スエラーという男は、まさしく化け物の類だった。ハンスは、咄嗟に全身に身体強化魔法を発動させた。すると瞬時に、思考力と身体能力が飛躍的に加速し、ハンスの目には周囲の人間達が、あたかも止まっているかのように緩慢に見えた。極度に鋭敏化された感覚が、そう錯覚させているのだ。

ハンスはその場から、思い切り飛び退いた。

直前まで居た地面から鋭い剣が伸びている。その異様な光景に面食らうハンスだったが、すぐに敵の正体に思い当たった。太陽教会の情報の中にあった、〝影の男〟だろう。

なるほど、これは厄介だ。危うく串刺しにされるところだった。

何故、ハンスがその攻撃を回避できたかと言えば、訓練生時代に「戦場では、すべての方向に注意を向けろ」と教わっていたからである。その中には「地面の下」などは含まないのが普通だが、ハンスはそれを言葉通りの意味として受け取っていた。上下左右前後、文字通りすべての方向に注意を向け、ありとあらゆる事態に対処できるように感覚を研ぎ澄ましていたのである。

「教科書の怪物」という昔のあだ名は決して大げさなものではなく、ハンスの気質を如実に表していたのだ。

床から少しずつ伸びてくる剣を前にハンスは、どう反撃したものか思案した。この一撃の後、〝影の男〟はすぐさま別の影へ移る。

室内は暗いとはいえ、外からの照明弾の光が射し込み、影はどこにでも落ちている。そうなると、非常に厳しい戦いを強いられる。最初の攻撃こそ避けられたが、これが靴の裏ではなく、直接皮膚などなら傷を負っていただろう。

ケンイチとミツバはともかく、セルジュとコウシロウは、身体能力的には普通の人間だ。二人が狙われたら、重傷、悪くすれば即死の恐れもある。

この男は、ここで仕留めておこう。

そう判断したハンスは、強化の段階を一つ上げた。その剣は全体が床から露出し、それを持つ敵の手もあらわになっている。

そこでハンスはその腕を、がっちりと掴み取り、力一杯に引き上げた。街の近くにある農村の畑で根菜の収穫を手伝ったときの出来事を思い出した自分に、ハンスは僅かに苦笑いを浮かべた。

ハンスは、〝影の男〟の体を引きずり出したところで手を離す。

空中に投げ出された、無防備な体。

あとは、やりたい放題である。

腹部、そして、頭部。

体の動きを止め、意識を刈り取るような場所へ打撃を加えていく。何発か食らわせたところで、強化魔法を解いた。その気になれば、かなりの長時間強化魔法を維持できるハンスだが、あまり使用しないよう心がけている。普段の状態との乖離が激しすぎて、感覚がおかしくなりそうだからだ。

声にならない悲鳴を発し、〝影の男〟は少し離れた場所にある壁に叩き付けられた。自分が何をされたのかすら、理解していないだろう。あまりに一瞬の出来事で、気づいたら壁に叩き付けられていた、という状況のはずだ。

周囲の聖歌隊や異端審問官達にしても同じような反応である。

突然、凄まじい勢いでハンスが動き出したと思ったら、床から何かを引き抜き、それを吹き飛ばした。そんな風に見えたに違いない。特に、直前までハンスと組み合っていた異端審問官の驚きは途轍もないものだった。目の前で起きた一連の出来事が信じられず、引きつった顔をしている。

「おいおい、何事だぁ？」

怪訝そうなセルジュの言葉に、ハンスは軽く肩を竦めた。

「例の〝影の男〟だ。足の裏を狙って剣を突き出してきたから、引っ張り出して叩いたんだが」

「ハンスさんに奇襲をかけようとしたのかぁ。根性据わってんなぁ」

ケンイチが感心した声を上げる。

ハンスは苦笑いをしながら、敵の方へ体を向けた。

「いいから、早く片付けてしまおう」

ハンスの呼びかけに、それぞれが返事をする。

意気揚々といった様子のハンス達に対し、太陽教会側は僅かに怯んだ。

教主はと言えば、ぐったりと椅子に寄りかかり、うつろな目で笑っていた。この後の展開など、もはや予想するまでもない。

自身が戦えるわけでもない教主に残された道と言えば、まさに神頼みだけだったのである。


教会を覆っていた「バリア」が消え去り、星空が戻る。

それまで忙しそうに動き回っていた「海賊ゴブリン」とゴーレムに加え、ロックハンマー侯爵旗下の兵士達の姿も、ちらほらと見えた。戦いが終わったことで、捕らえた者達の輸送が始まったのだ。

中には縄が解かれ、交渉を行っている者の姿もあった。

太陽教会の建物は大きく、収容人数もかなり多い。全員は連れていけないので、無関係な者には、ある程度、事情を説明して口止めをする手はずになっていた。

「しっかし、上手く口止めなんて、できるものなの？」

いつの間にか現場に来ていたイツカは、キョウジに向かって不思議そうに尋ねる。

その隣では、ムツキも似たような顔で首を傾げていた。

「いや、この間も説明しましたけど。彼らは、政治とかにも深く関わっている教会の人達ですよ？　しかも、王都の近くに勤めている方々です。ぶっちゃけた話、国防に従事しているお役人ぐらい口堅いですから」

「まして、太陽教会、っていう宗教組織ですからね。内部での関係が密接な分、そういう連携も取れているはずです」

キョウジの言葉に補足を入れたのは、ナナナだった。

二人の説明に、イツカとムツキは「へー」と感心する。ぼへっとした顔から、おそらく漠然としか呑み込めていないのだろう。

「彼らは戦の神を崇める者達です。特殊な状況に対応するのも非常に早い。一般人と同じ感覚で扱わなくてよいのです」

さらに付け加えたのは、レインだ。

今回、こんな荒っぽい手段に訴えた理由の一端にも、それがあった。

「はぁー。よく分かんないですけど、無事に勝ててよかったですね！　これで私もまた減刑されます！」

満面の笑みで言い放つムツキに、キョウジとナナナは共に溜め息を吐いた。

レインは、いつもの無表情。

イツカはと言えば、面白そうに笑い声を上げている。

それを見たムツキは、何故か自慢そうに胸を反らした。

「相変わらず賑やかだな、お前達は」

そんな声に、五人は一斉に振り向いた。

声の主は、教会から出て来たハンスだ。

その後ろには、セルジュにケンイチ、ミツバ、コウシロウの四人も居る。

ハンスの姿を確認したレインは、すぐさまその傍へ寄った。

「ハンス様。ご無事で何よりです」

「ああ、なんとかな。皆も、怪我はなさそうで何よりだ」

ハンスはぐるりと面々の顔を見回した。

ここにいる十人は、戦いに直接的に関わった者達だ。後は戦闘後の処理をする兵士達に任せ、それぞれ休むこととなっている。だが、皆どこか余力があるように見えた。といっても、仕事のためではないだろう。

ハンスは少し笑い、「よしっ！」と声を出した。

「折角(せっかく)だ。少し、飲みに行くか？」

「やっはー！　食いものっすー!!」

「いぇえええええええ!!」

「やったぁー！　ただ酒ですよー!!」

すぐさま反応したのは、ミツバ、イツカ、ムツキの三人だ。一気にテンションが上がったのか、行く気まんまんで小躍(こおど)りしている。

そんな様子を横目に、ハンスはケンイチにそっと声をかけた。

「よければだが、あの四匹も呼んでくれるか？　今回はえらく働いてもらったからな」

「ああ、スンマセン、気ぃ使ってもらって。声かけてみます」

申し訳なさそうに頭を下げるケンイチだが、顔は嬉しそうだ。

これらを感心して眺めているのは、キョウジとナナナである。

「やっぱりハンスさんって、こういう団体行動に慣れてらっしゃるんですね」

「元々、騎士団長さんだったたっていうからね」

全員が行く気になっているのを見て取ると、セルジュが「そういうことなら」と一歩前へ出た。

そして、王都における表の顔である商人の仕草で大げさに一礼する。

「では、わたくしが商談で使っている店をご紹介しましょう。この時間でも空いておりますし、酒もたっぷり用意してあります。料理も最高！　祝勝会には、ぴったりかと」

コウシロウが、嬉しそうに手を叩いた。

「いやぁ、それは楽しみですねぇ。美味しいものが期待できそうです」

「おっと。こいつぁ一気にハードルが上がったなぁ」

セルジュは苦笑を浮かべる。

料理の味に関して、プロのコウシロウに期待されては、プレッシャーもひとしおだろう。

「うっしゃー！　食いに行くっす！　ハンス団長のおごりっすー！」

「はいはいはい！　私もタダ酒とタダ飯食べたいでーす！　できるだけ高いヤツー！」

「ずっと酒ガマンしてたんだよねぇー！」

それぞれに歓喜の声を上げながら、ミツバ、イツカ、ムツキの三人が走って行く。

「おい、誰も奢(おご)るとは言ってないぞ」

ハンスが三人の背中に言葉を投げるが、耳を貸す連中ではない。

彼らの背中を呆れたように眺めながら、ハンスは頭を掻いた。

「まぁ、いいか。あまり頼みすぎんでくれよ？」

残っている面々に向かってハンスが言う。

たまには、こういうのもいいか。

ハンスは半ば諦めたような心境で笑うと、ミツバ達の後を追って足を踏み出した。

エピローグ

ド辺境にある、片田舎の街。

その駐在所の椅子に腰掛け、ハンスは淹れたての熱いお茶を啜った。

傍らでは、レインも同じようにお茶に口をつけている。外へ目を向ければ、遊んでいる子供の声が聞こえ、老人が、のんびりと歩いて行く姿が目に入った。

そんな、いかにも田舎といった空気に触れて、ハンスは満足気に息を吐く。

「やっぱり、ここはいいな。空気は美味いし、何よりのんびりとしている」

「ここのところ、忙しかったですからね」

レインの言葉に、ハンスは大きく頷いた。

王都での事情聴取が終わってから、早数カ月が過ぎている。

内容はハンス達の思惑通り、「件の災厄とやらは、特に人災でもなく、単なる小さな地すべりだった」という報告で一件落着した。浮遊島や隣国のことなどは話題にも上らず、まったく何事もなかったかのように話は済んでいる。

むしろ問題があったのは、太陽教会の方であった。

流石に教主を捕らえて、はい、おしまい、と言うわけにはいかない。

何しろ太陽教会では、教主が巨大な力を握っていたのだ。その人物を押さえたわけだから、揉めないわけがない。

しかし、そんな彼らも一枚岩ではなかった。

あまりにも強い権力を持ち、強固な支配体制を築いていた教主に反発する勢力も存在した。ロックハンマー侯爵は、そういった者達と接触して交渉を図ったのだ。材料は襲撃の際に捕縛した者達の身柄だ。今回の件で太陽教会の勢力図は、がらりと塗り変わることになった。

ロックハンマー侯爵は新しく権力を握った者達に、大きな貸しを作ったわけである。

「コウシロウ殿の千里眼で事前に敵対勢力を割り出し、戦いの後、交渉しやすくする。そういった手段は準備していたものの、やはり交渉は難しいものだったようですね」

「未だに調整が続いているらしいからな。俺は専門外だから何もできんが。まあ、教主に利用されるよりは、何倍もマシだろう」

それに関してはレインも同意見だった。

「しかし、なんなんだろうな。『にほんじん』というのは」

溜め息交じりに言うハンスを前に、レインは少しだけ目を細めた。

数日前のことだ。

レインはずっと忘れていた記憶を、突然、思い出したのである。

それは、レインがこの世界に生まれる前。地球で死んだ直後、魂の状態だったときの出来事だ。

自分の死に、呆然としていたレインの前にあらわれたのは、白く輪郭がおぼろげな、人のようなものであった。

「やー、君、死んじゃったねぇー！」

イヤに明るく話しかけてきた声の主は、天使、悪魔、神、あるいはそれに準じた何か、と名乗った。酷く曖昧なのは、人間には自分を正確に理解できないからだそうだ。

「まぁ、神様が一番近いかなぁー？」

「ともかく――」と話し始めた自称神様によると、自分に別の世界へ行って欲しいという。

そこで何か使命を負うわけではなく、魂を送ることが重要なので、転生後は適当に生きてくれて問題ないらしかった。

「っていっても、この会話って、まず思い出さないし、拒否権もないんだけどねぇー!!」

ならば、何で話したのかと問えば、話すことに意味があるのだという。それもやはり人間には理解できない領域のことなので、聞くだけ無駄なのだとか。

「まあ、とにかくそんな理由で、君の世界の人を、幾らかこれから行く世界に送り込んでるのよ！死んだ人も生きてる人もまぜこぜで！　生まれ変わりと、神隠しって言えばいいのかなぁー。まあ、とにかくさ！　同郷の人と会う機会もあると思うけど！　会えないこともあるから！　じゃ、頑張って！」

投げやりだった。

あまりにも適当すぎる。

文句を言ってやりたかったが、そこから先はブラックアウト。目が覚めると、そのことを忘れ、レイン・ボルトとして生を受けていたのだ。

何でこんな記憶を思い出したのか、はっきりとした理由は分からない。ただと漠然と、多くの転生者と接触したせいかもしれない、と感じていた。レインの頭にこのときの映像が浮かんだのは、手錠とイッカのトラップで、能力を厳重に封じ込められた教主と会った、翌日だった。

「私には全く分かりかねます」

内心を欠片も表情に出さず、レインはさらりと言ってのけた。

絶対に転生者なのは明かさないつもりだ。この話は、ほかの日本人達にもしていない。レインは一生、この秘密を胸にしまっておくことにしている。

「『にほんじん』と言えば、ケンイチ殿とキョウジ殿の魚の養殖。上手くいっているようですね」

「ああ、牧場に人工池を作っていてな。いつぞや遊びに出かけた湖で捕まえた魚を育てているらしい。俺も見に行って、釣り糸を垂らしてきたよ」

嬉しそうに語るハンスを見て、レインは内心ガッツポーズをした。上手く話をすり替えることができたからだ。

「久しぶりに竿を握ると、なかなか面白くてな。また川釣りにでも行くかかな。まあ、そうするとミツバが連れていけ、と煩いだろうが」

「食べ物が絡むと厄介ですからね」

「天然の魚というのは美味いからなぁ。ミツバの場合は、食えれば何でもいいんだろうが」

苦笑するハンスに、レインは無言で首を縦に振る。

「そういえば、今日はミツバのやつ、何をしてるんだったかな？」

「コウシロウ殿と一緒に、ロックハンマー侯爵の領主館の城下に行くと言っていました。二人で芝居を観に行くのだとか」

「ああ……」

アニメやマンガを好んで見ていたからか、意外なことにミツバは芝居も好きだった。コウシロウもそういったものが好きらしく、最近では二人で出かける日も多かった。

「そういえば、ナナナはコウシロウ殿の店も手伝っているんだったな」

「キョウジ殿の診療所を手伝う傍ら、という状態みたいですが」

牢獄を出たナナナは、キョウジの診療所でアシスタントをするようになっていた。といっても、ずっとそこに付きっ切りではない。ほかの日本人達の仕事を手伝ったりしながら、自分に何ができるのか模索している最中なのだ。

「頑張っているようで何よりだな。それに比べて、あの二人は……」

言うまでもなく、イツカとムツキのことだ。あの二人は、まったく変化のない様子であった。

酒を飲み、暴れて、適当に生きる。

ある意味、一番幸せかもしれない。

「まあ、なんにしても、だ。ようやく静かにはなったなぁ。教会も、俺の体も暫くは安泰だ」

教会との交渉は、有利に進んでいる。ハンスの立場についても、実は安心材料ができていたのだ。

ハンスの国の中にも太陽教会の協力者がいた。かなり高い立場の人間だと目されていたその人物は、実は第二王子。

つい先日、立太子となった第一王子の、弟だったのだ。

自分が王位を継ぐ可能性が薄いことを知っていた第二王子は、自分の立場に焦りを覚えていた。将来、宰相的な権勢を振るい、国への影響力を発揮する予定だったものの、王となる兄が障害となることは目に見えている。そこで第二王子は、早いうちから地盤を固めようと、大きな後ろ盾を欲したらしい。

教主は、そんな第二王子に付け込んだわけだ。

だが、ハンスにとってはこの状況が幸いした。

第二王子の「弱み」を握ったことで、ロックハンマー侯爵は中央に強い発言力を持つこととなった。それを利用して、ハンスを片田舎の左遷先に、引き止めてもらえるように工作できたのである。

自ら望み、ド辺境であるこの街にやって来たハンスにとっては、願ってもないことだ。

「安泰と言って、よいのでしょうか。私はやはり、ハンス様は王都でその力を振るわれるべきだと思うのですが」

「勘弁してくれ。俺は、ここでの生活が気に入ってるんだぞ？　ようやく、静かに暮らせるようになったんだしな」

惜しむようなレインの言葉に、ハンスは苦笑しながら手を振った。

煩わしい事件に片がつき、ようやく落ち着いた生活が戻ったのだ。まだ多少の問題はあるが、そちらが解決するのも時間の問題だろう。

「『にほんじん』達も、それなりに静かに暮らしてくれている。大きな事件も決着がついた。もう、これ以上騒ぎも起きんさ」

落ち着いた笑顔でハンスはお茶を啜った。

レインも、同じ意見だったらしい。

これ以上、あんな大騒動に巻き込まれることは、流石にないだろう。

少なくとも、今暫くは。

――そのときだった。

血相を変えた人物が、駐在所の中に飛び込んできたのである。見れば、街の近くの農村に暮らす、農民の男性であった。

「ハンスさん！　大変だっ！　なんか、黒髪で黒目で、妙な服を着た人が突然村にあらわれてっ！」

その言葉を聞き、ハンスは飲んでいたお茶を盛大に噴き出した。

レインも、僅かに目を丸くする。

どうやら運命というのは、余程偏った配分を好むものらしい。

ハンスの身に降りかかる受難は、まだまだ続くのであった。

——おしまい

アマラ
2013年にWeb上で連載を開始した小説が、瞬く間に人気を得る。2014年、「地方騎士ハンスの受難」で出版デビュー。他の著書に「神様は異世界にお引越ししました」「猫と竜」（宝島社）シリーズがある。

イラスト：がおう
http://matsulatte.uunyan.com/

地方騎士ハンスの受難7

アマラ

2017年3月3日初版発行

編集－中野大樹・篠木歩・太田鉄平
編集長－塙綾子
発行者－梶本雄介
発行所－株式会社アルファポリス
〒150-6005東京都渋谷区恵比寿4-20-3恵比寿ｶﾞｰﾃﾞﾝﾌﾟﾚｲｽﾀﾜｰ5F
TEL03-6277-1601（営業）03-6277-1602（編集）
URLhttp://www.alphapolis.co.jp/
発売元－株式会社星雲社
〒112-0005東京都文京区水道1-3-30
TEL03-3868-3275
装丁・本文イラスト－がおう
装丁デザイン－DRILL
印刷－大日本印刷株式会社

価格はカバーに表示されてあります。
落丁乱丁の場合はアルファポリスまでご連絡ください。
送料は小社負担でお取り替えします。

ISBN978-4-434-23017-2 C0093